# 小感日常

泉鏡花
牧野富太郎
寺田寅彥
岡本加乃子等——著
蘇暐婷——譯

# 有花草為伴的日常

日本文豪的植感生活

# 目次

## 輯二　風吹草動的沙沙聲

導讀

# 掉進花草裡的恬靜時刻

◎廖秀娟（元智大學應用外語學系副教授、日本大阪大學文學博士）

本書分別以花、草為題，共收錄了二十三篇由十五位日本文豪所撰寫的名文隨筆。從目前日本植物學家牧野富太郎到幻想文學作家泉鏡花、社會小說作家德富蘆花、自然主義文學的代表作家島崎藤村、正宗白鳥、女流作家岡本加乃子、歌人若山牧水、室生犀星、浪漫派詩人薄田泣菫、詩人新派劇作家久保田萬太郎、物理學家寺田寅彥、陶藝家河井寬次郎、生物學家南方熊楠、女流日本畫畫家上村松園到知名的文藝評論家龜井勝太郎。

一論到花草馬上會讓人想起的就是植物學家牧野富太郎，熱田老字號旅館的館主同時也是熱田櫻的推廣者已故的內田勇次先生，在他的著作《熱海櫻的由來》中提到，透過旅館旅客評論家德冨蘇峰的引薦，於一九三五年時邀請牧野博士為熱田櫻做品種鑑定，才得知早開的寒櫻熱田櫻的原產地是緣自於印度的大吉嶺，因天氣寒冷開花時花蕊朝下綻放，與當時多數的日本櫻花不同。牧野也曾經在他的著作《續植物記》中提到，想透過大量栽種櫻花樹來活化熱海地區的觀光，本書中收錄的作品〈寒櫻種〉中，牧野更清楚的提出他的構想藍圖，希望透過栽種緋寒櫻與寒櫻兩種花色不同的櫻花來增添花季時花色的堆疊感，也善用熱海櫻早開花的特性，吸引全國賞花客前來熱海賞櫻，振興當地的經濟。

德冨蘆花對大自然花草的嚮往與喜愛可以從他的著作《自然與人生》中探知，例如在〈湘南雜筆〉夕山百合的章節中，他以細膩的筆觸描寫出山百合如天女般的高潔清高離世而居。然而根據塚谷裕一氏的研究《漱石的白百合、三島的松樹：近代文學植物誌》一書中提到確實百合曾經出現在《古事記》與《萬葉集》中，然而與日本的代表性植物櫻花、梅花、松樹相比，山百合在日本文學史上並非主流植物，並且有一段漫長的空白時期，例如擅長以花名為篇章名稱的《源氏物語》也不見以百合為名的登場人物出現，甚至在禁教期間百合更被視為是一種禁忌的花朵，不值得引入藝術領域成為創作的題材。日本的傳統百合為笹百合，是一種帶有濃郁香味的淡紅色百合，因此不禁令人好奇為何蘆花的作品經常出現白百合的描寫。經過塚谷氏的探究原來蘆花是虔誠的基督教信徒，百合的純潔、純白象徵聖母瑪利亞的崇高聖潔，白百合是近代之後在明治時期才傳入日本的新概念。這種聖潔象徵的白百合最有名的作品就是出現在漱石作品〈夢十夜〉的第一夜、也大量的出現在泉鏡花的作品中，例如〈婦系圖〉、〈春昼〉、〈草迷宮〉、戲曲〈湯島境內〉等。本書所收錄的蘆花作品〈除草〉也反映出他的基督教信仰，他在文中指出雜思慾望如同雜草，人一旦鬆懈即有可能入侵我們的心田蔓延至全身，並引用舊約聖經「若汝背棄我所言而偷嘗禁果，農田就會生滿荊棘與蒺藜，使汝費盡辛勞才能飽餐一頓」，除草的宿命看似上帝對人類的懲罰，其實無非是要我們除盡心魔。

幻想文學大家泉鏡花也是一位與花草關係深厚的作家，他的養女泉名月曾經提到，她可以預想泉鏡花的藏書中有草雙紙或錦繪，萬萬沒有意料到在鏡花的藏書中有三本植物圖鑑《內外實用植物圖說》、《雜草》、《實用新案普通植物圖解》皆是明治四十年出版的植物書籍。泉鏡花的作品〈高野聖〉、〈夜叉ヶ池〉、〈天守物語〉、〈草迷宮〉等充滿幻想怪異作品中有多種植物登場。如前所述，他在作品〈草迷宮〉中以山百合比喻女性，並且藉由草的覆蓋性、隱匿性、遮蔽性來突顯死亡與暗影，以此塑造出魔幻的時空背景。根據學者金子亞由美的研究，透過分析泉鏡花在關東大地震前後的作品，發現他作品中動植物的描寫上產生了明顯的變化，另一方面也有學者留意到鏡花的作品由於母親的早逝而帶有拒絕光明地點的傾向，反而喜愛如深林、憂谷、濕地、沼澤、洞窟等濕滑昏暗的場所，彷彿以此追逐著創世之前太古渾沌的生命之始。

然而在本書收錄作品〈草溪蓀〉中則是全然一掃小說世界中的渾沌幽暗，泉鏡花化身成一位因著一株不知名號的花草而喜悅滿足的愛花人士。

寺田寅彥是夏目漱石心中擁有特殊地位與特別存在的門生。寅彥是漱石在熊本第五高校教書時期的學生，他從熊本高校畢業之後考取東京帝國大學物理學科，在漱石前往英國留學期間也未曾中斷連繫，當他開始俳句創作時，漱石曾以「雖是理科生卻是文才俊穎的才子」讚美之詞引薦給俳句大師正岡子規。寅彥與其他門生不同之處在於他是漱石最早期的門生同時也是交心之友，漱石的門生一般固定於星期四舉辦的「木曜會」見面一同論談文學、藝術等話題，然而寅彥是可以不受星期四這個時間限制，隨時進出漱石家門，甚至在漱石忙碌之時自己一人靜靜地在一旁睡個午覺陪伴度過的交情。漱石自英國返國之後，因教師的工作一度陷入嚴重的精神憂鬱，這當中頻繁拜訪探視漱石舒緩漱石憂鬱情緒的也是寺田寅彥。他在漱石心中的地位可以從他經常被寫入漱石作品中得到驗證。眾所周知，名著〈我是貓〉第二章中有一段苦沙彌老師的畢業學生物理學家水島寒月於新年期間前來問候恩師的描寫文段，寒月君在問候時因露齒一笑被發現缺牙，一問才知原來是吃香菇不小心將門牙給咬斷。文中缺牙的對話是引用自寺田寅彥的親身經歷，寅彥當時已經是一位優秀的物理學家，文章俊逸才華洋溢的青年，吃香菇弄斷門牙的糗事被恩師寫入作品，雖然本人覺得是件丟臉糗事，卻也看出恩師逗鬧下的疼愛與兩人的交情匪淺。在知曉這段師生情誼之下再閱讀本書所收錄的寅彥作品〈病房裡的花〉必當感觸更加深刻。他在文中提到自己臥病在床半夜失眠之時，想起自己得知N老師病重去探望他時，特意買了一盒秋海棠，當時老師已經病重任何人都不見了，卻仍收下他送來的花，並且透過師母轉達花很漂亮，這是他在老師過世前聽到的最後一句話。如今想想自己在相同的季節與老師患上相同的疾病、一樣望著病床旁的秋海棠，更加深切的感受到彼此間的師徒情緣與生命的連結。

接著，寺田寅彥在〈紫藤果實〉一作中，發揮他身為物理學家的精神，探究紫藤果實為何在無風無雨無助力的情況之下一口氣同時彈果裂開，甚至推深思緒思考銀杏葉彷彿接收到齊聲號令似地同時落葉的現象背後的科學意義，讓人一窺他身為物理學家探究科學真知理性的一面。在〈雜記摘錄〉一文中，他認為每個名留青史的英雄、學者的靈魂裡都有一定比例的唐吉訶德，如同自己不自量力地妄想鑽研艱深學問的深奧，雖然一路走來可能受盡眾人譏笑、嘲弄，卻也如同唐吉訶德一般到死不放棄，對夢想深信不疑。

另一位對夢想堅定不移的文豪是出身於石川縣金澤市的室生犀星，他的父親雖然貴為加賀藩下級武士的組長，但是因為母親是父親家中的女傭，私生子的他一出身就被送養，由雨寶院寺院住持收養，取名照道。自幼清貧時常身無分文，為了追求文業多次上京，一旦花光積蓄就又折返金澤投靠養父。在他貧困窮乏的文學追求之路上，不斷對他伸出援手的是他的生涯摯友萩原朔太郎。萩原在作品〈初出詩壇之時〉中提到與室生相識的經過，由於萩原是先透過室生的詩來認識他，被他詩句中細膩的文字所吸引，時常在路上行走時會低聲吟誦室生的詩作，萩原腦海所想像的室生是纖細多感的美少年。但是在兩人第一次碰面時，卻發現室生不僅塊頭粗壯，個性粗野談吐行為如同鄉下老粗，距離純潔無垢的文青少年差距甚遠，不禁大失所望。然而在長久相處之下，他在室生粗獷的外表下發現一開始讓他迷戀不已的文采。本書收錄室生犀星的隨筆〈造園之人〉也是一樣，文中詳細說明營造一座寂寥庭園除了手水鉢的石材之外擺放位置也須講究，他以日本三大庭園之一金澤市的名園兼六園內的手水鉢為例，詳述庭園水鉢應具有的雅緻格調，枯寂的飛石、茂密的竹庭、粗獷的石燈籠更是庭園靈魂之所在，缺一不可。如同他本人一般，粗獷寂寥的庭園背後是對於庭園造景的細膩琢磨追求。

本書收錄作品皆為入選日本名文隨筆之作，不論是正宗白鳥在〈賞花不如吃糰子〉中吞下櫻花的驚人之舉，或是久保田萬太郎因喪妻而滴下的淚水，篇篇都是激盪人心的好作，透過一草一木得以細細品味每位文豪豐盛的植感人生。

# 輯一

## 撲面而來的芬芳

# 馬鈴薯花

龜井勝一郎（かめい かついちろう，1907 — 1966）

這種花的韻味需要周遭氣氛襯托，或許就是得走過修道院的紅磚圍牆、筒倉林立的牧場、參天的林蔭大道，仰望悠悠白雲，賞馬鈴薯花時方能有這番體悟。

提起北海道的花，鈴蘭總是最先浮現於人們的腦海。在我就讀國小和國中時，自湯川的特拉普派女子修道院遠遠望去，前方山丘便有一大片鈴蘭花海。大夥常去那兒踏青、採鈴蘭，不知如今花海變得如何，或許早已物換星移了吧。

不過，比起鈴蘭，我更鍾愛馬鈴薯花。從函館東部的湯川徒步約二十町（大概兩公里），即可抵達特拉普派女子修道院，那附近不是綿延的馬鈴薯田，便是玉米田。北海道的馬鈴薯遠近馳名，卻鮮少有人注意到它的花，人們只知結薯，卻沒發現六月時節，楚楚可憐的馬鈴薯花已悄然綻放。花色分為白、紫兩種，外型並不豔麗，肥厚的花瓣略微向外開展，小巧樸素，說它平凡，真是再平凡不過。然而仔細端詳，卻清純可愛，彷彿天真浪漫的姑娘簪在耳畔的小花。

每當往修道院沿途的馬鈴薯田開花，我總會以賞馬鈴薯花之名出門散步。這種花的韻味需要周遭氣氛襯托，或許就是得走過修道院的紅磚圍牆、筒倉林立的牧場、參天的林蔭大道，仰望悠悠白雲，賞馬鈴薯花時方能有這番體悟。倘若在東京郊外欣賞，大概就不會這麼美了。

函館郊外有一座大沼公園，位於駒岳的山腳。但我卻對駒岳背面，也就是朝向太平洋的山麓荒野情有獨衷。從札幌搭火車前往函館時，總會途經此處。荒涼蕭索的景致映入眼簾……不，如此貧瘠，或許尚不能稱之為景致，但窮山惡水的模樣倒是值得一看。

駒岳是一座活火山，不時爆發，因此不只山頂，山麓整片荒野皆是寸草不生。通過太平洋沿岸，途經山麓一帶，紅通通的熔岩與砂岩懸崖連綿無盡，從大沼公園望去卻幾乎看不到。當地布滿奇峰異石，山頂泛紅，連棵樹也沒有，教人怵目驚心。山腳雖是緩坡，卻將岩漿腐蝕的累累傷痕展露無遺。

山腳到太平洋沿岸雖有若干樹木，卻只是埋在沙地裡的灌木。那裡就像一片沙漠，所幸開拓有成，從車窗望去，便能瞧見農民種植的馬鈴薯與玉米，附近也有零星的人家。朝函館駛去的火車上，從窗戶右側可望見駒岳聳立的紅色斷崖，左側則是一望無際、波濤洶湧的太平洋。

住在這樣的地方不知道會有什麼感受，是否會耐不住孤寂？儘管搭乘火車，只需片刻便能抵達函館，但在荒郊僻壤度過凜凜寒冬，於星光黯淡的深夜裡又會是怎樣一番心境？當地人或許沒那麼多感觸，但對於偶然經過我而言，這實在是一片教人心驚的寂寞大地，卻又令我嚮往無比。

若要說優美的景色中有哪裡醜陋，那就是破壞清靜的人群了。一旦熱鬧起來、淪為觀光名勝，再美的景致也會變得不堪入目。但太平洋沿岸的駒岳實在難以歸類，既稱不上美，當然也沒有觀光客，卻也因此免於大煞風景。

駒岳太過荒涼、貧瘠、烏煙瘴氣，與「美」字八竿子也打不著。這種粗陋原始的不毛之地，當然入不了人們的眼。如此說來，以「原始」形容這裡真是再貼切不過，那些風景都是自古而然，早在人們欣賞它之前便立於天地之間，而日本一定還有其他地方也是如此。

有一年，我搭火車經過那裡，看見小車站旁的田裡開了馬鈴薯花，心裡非常高興。巍峨聳立、粗獷原始的駒岳旁，清純可愛的馬鈴薯花正張著小小的口唱著歌呢。

◎作者簡介

# 龜井勝一郎・かめい かついちろう

一九〇七—一九六六

文藝評論家，出生於日本北海道函館市。東京帝國大學文學部美學科在學期間加入「新人會」，熱中於研讀馬列主義相關文獻，並於一九二八年自主退學。同年四月，在三一五事件中，因疑似違反治安維持法而遭到檢舉。經過兩年半的獄中生活，保釋後，加入日本無產階級文學作家同盟，並致力於文學評論，但隨著第一評論集「轉型期的文學」的刊行，便逐漸遠離無產階級文學。一九三五年創立同人誌「日本浪漫派」，一九四三年刊行〈大和古寺風物誌〉。戰後，嘗試以宗教觀點進行文明批判，並於一九五〇年以〈現代人的研究〉獲得讀賣文學賞。一九六五年以〈日本人的精神史研究〉獲得菊池寛賞。

# 森林裡的繡球花

泉鏡花（いずみ きょうか，1873 — 1939）

當下最令人如癡如醉、看得渾然忘我的，便是如夢似幻的燦爛繡球花了。色澤有淺黃、嫩綠，還有濃淡不一的紫，當中夾雜著粉紅色的花，美得像一幅畫。

千駄木之森即使在夏日白天也很昏暗。這片樹林不算深，卻正好將不動坡、團子坡、巢鴨團團包圍，導致曲折如蜘蛛腳的巷弄，在白晝下也黑得像傍晚的深山小徑。就連小石川、白山上到追分一帶的高地，陽光也稀稀落落，即便只下毛毛雨，路面也會泥濘不堪。住在這兒的女傭去蔬果市場買菜時，一定得穿上高高的木屐，可惜腳尖依然會被泥巴弄髒。一想到水坑裡還有水蛭在游泳，就令人渾身起雞皮疙瘩。不過相隔一圈樹林，外頭便風沙飛舞，行人腳下竹皮草屐的喀啦喀啦聲也不絕於耳。相較之下，這兒的人只能將下襬捲起來，鞋子也滿是污泥，因此總會聽到他們抱怨：「我們這些山裡人，大白天的在路上留下濕濕髒髒的腳印實在太丟臉了，又不是走在雪地裡。」

某天雨夜，我告辭一戶人家，準備打道回府時，想到自己孑然一身、無拘無束，手上又空空如也，連燈籠也沒有，索性便在草叢前、祠堂後四處閒逛，到田裡撿撿東西。以前我把蛇眼傘[1]斜扛在背上走路都沒問題，這天卻大不相同，凹凸不平的路面滿是泥濘，濺起的髒水冷冰冰的，令我十分狼狽。好不容易離開追分，進入森林，哎呀，周遭伸手不見五指，連黑白都分不清楚。都說春雨綿綿，但夏天更會下雨，原本我還老神在在地用袖子擋雨，最後仍不敵雨勢，趕緊把傘撐開。我縮起肩膀，右手像游泳一樣四處摸索，碰到了濕漉漉、滑溜溜的竹籬笆，左手則緊握著傘柄。在林木阻擋下，風勢並不強，把頭往前探時，還能感覺到空中垂下的蜘蛛網拂過臉頰，平添幾分蕭索。我以為雨勢並不大，走出森林後才發現是滂沱大雨，連鎮上的車輛都險些被雨水沖走。

朋友家有一口古井，井旁點了蚊香，總是煙霧繚繞。我到府上拜訪時，在簷廊盡頭遇到一名叼著菸草的植樹工人，他告訴我：「我在這座森林住了很久。」接著又說：「每到初冬，火車就轟隆作響，晚秋的風一停，天空會下起陣雨，狐狸和狸貓的叫聲

---

**譯註1**　紙和竹子製成的傘，傘面中間有一圈白環，呈蛇眼狀。

此起彼落。」此言確實不假。不過，我倒是挺好奇狸貓的叫聲在這名老者耳中，聽起來到底怎麼樣。

這口古井有個故事，據說這棟房子從前住著一對夫妻，妻子發瘋投井而死，因此古井現在是用一塊腐朽的木板蓋住，上面再壓一顆大石頭。朋友是個天不怕地不怕的男子漢，壓根不信邪。即使入夜後，梅花樹墩青苔上掛的露珠，從原本被螢光照得閃閃發亮突然轉暗，屋後草叢傳出不知是誰的窸窣腳步聲，他也毫不畏懼。不像我，那天雨夜回家，只想著幸好沒遇見朽木突然燃燒、廢墟門縫迸出燈光、田埂出現燈籠影子。如今回想起來，那一路上我根本怕得不敢張開眼睛，只記得豆大的雨珠將路樹打得嘩啦作響，還有貓頭鷹的叫聲就像在說「我要吃了你」。

不過，這片森林可怕歸可怕，風景還是很優美，一天的景致變化更是妙不可言。清晨我不清楚，但若是在黃昏來到這片森林，就會看到夕陽在樹幹、枝葉上留下三四道橘紅色的光影，樹梢則籠罩在靄靄霧氣中，暗濛濛的茄子田開滿了花，有些還結了小小的果實。
即使沒有棚架，葫蘆花的藤蔓依然爬上西廂房，王瓜花也在東舍牆角吐著霧氣。我還不至於風雅到吟詩作賦，但灌木叢傳來的陣陣鶯啼，聽起來還真像在吟詠俳句。
太陽從茂密的樹叢落下，無屋舍的昏暗路旁，蚊群飛舞如柱。往涼爽的墨綠色樹蔭走去，想像小蟲子成群結隊，不知道在討論些什麼，也別有一番樂趣。當下最令人如癡如醉、看得渾然忘我的，便是如夢似幻的燦爛繡球花了。色澤有淺黃、嫩綠，還有濃淡不一的紫，當中夾雜著粉紅色的花，美得像一幅畫。繡球花在夏天很常見，這一帶又長得特別多。從向陽到背陰，從背陰到向陽，繡球花開在石堆和竹林裡，開在牆角與屋舍下，也開在葉蘭中和古井旁，到處都可見那抹紫色的身影。靜謐深邃的樹林中，傳來哞哞的牛叫聲，連沼澤般的泥地裡，柵欄東缺一塊西缺一塊、豢養牛隻的院落裡，都有繡球花的芳蹤。
那時我見到一名女子，她胸前裹著整齊的白襟，身上披著帶墨綠色的青色單衣，深藍色的腰帶高高束起，一頭黑髮梳成優雅的高島田髻，插著素淨的扁平銀製髮簪。女子坐上看似自家僕役所拉的人力車，蓋了豆沙色薄毯在膝蓋上。於數名年輕壯丁的簇擁下，車輪緩緩駛向蜘蛛腳般的森林下坡，在附近轉來轉去。她似乎迷路了，找不到要拜訪的人家，光是一個時辰之內，她就在繡球花開的地方出現了六、七次。那天我也是第一次去拜訪朋友，正因為遍尋不著而悶悶不樂。

珠簾後若隱若現的倩影、白皙的面容、典雅的和服，在繡球花的襯托下愈顯嬌美。鋪在腳下的織毯於晚風吹拂下飄揚，宛如熊熊燃燒的火焰。啊，佳人如斯，欲往何方？可是要去某處爬滿葫蘆花的屋舍？

那晚樹林星光燦爛，彷彿還有笛音悠悠傳來，美得令我難以忘懷，不禁遙想她是否是住在這一帶的年輕詩人，抑或是美麗學士？為此我特意寫下這篇散文略抒己懷，否則便要相思成疾了。

◎作者簡介

# 泉鏡花・いずみ きょうか

一八七三—一九三九

小說家、劇作家，本名鏡太郎，出生於日本石川縣金澤市。一八八二年母親逝世，後來的創作中可見其對母親的思慕。一八九〇年，因讀了尾崎紅葉的小說而立志成為小說家，並到東京拜師。隔年一八九一年，師事尾崎紅葉。一八九五年於《文藝俱樂部》發表被稱作「觀念小說」的〈夜行巡查〉、〈外科室〉，以此奠定文壇地位。後來，陸續創作〈照葉狂言〉、〈高野聖〉、〈婦系圖〉、〈歌行燈〉等，作品轉為浪漫、神秘的風格。生涯創作逾三百篇作品，風格自成一家，於近代小說史中大放異彩，並影響谷崎潤一郎、川端康成、三島由紀夫等許多作家。

# 隨風飛舞的梧桐果實

牧野富太郎（まきの とみたろう，1862 — 1957）

儘管青桐易於生長，種子又容易隨風飄揚，但它在日本山區卻未曾廣泛分布，我想原因應該在於它終究不是日本的原生植物，難免會有些水土不服。

每到「秋風起兮白雲飛」的時節，載著青桐（「青」這個字源自於它汎綠的枝幹）也就是梧桐種子的船狀果片，就會脫離母枝隨風蕩漾，飄落到各處。這樣的情景並不稀罕，可是每每見到碩大的青桐果片散落眼前，總會有種新奇的感受。

我的院子裡就有一棵青桐樹，綠色的樹幹鑽出地面，生得非常挺拔，枝椏呈輻射狀，長滿寬大的綠葉，看起來亭亭如蓋，聳入雲霄，枝頭還掛著纍纍的果實。

一過九月中旬，開放的果片就會斷裂並散落一地，果片兩側有皺摺（剛開始是平滑的），挾著一兩顆豌豆大小的種子。種子從果片掉落到地面後，隔年春天便會萌芽，冒出寬闊的子葉。因此我的院子裡到處都有青桐幼苗，若不加以整理，任新芽年年茁壯，最後我的院子就會變成一片青桐樹林。

青桐的果片每五片長在一起，展開時呈輻射狀，堅硬的果片凹陷如小船，頭重腳輕地懸掛在枝端的果穗上，因此即使下雨，果片也不會積水。等到起風的時候柄會斷裂，凹陷的果片便乘著風力四處飄揚。當果片落到地面時，由於種子的重量，大部分的果片都會背面朝上、趴在地下。這種姿勢深具意義，因為那有利於種子從果片脫落到地面。大自然的鬼斧神工令人嘆為觀止。

青桐容易生長，很快就會枝繁葉茂，因此想種青桐樹林其實一點也不難，但應該不會有人真的去種。日本國內雖然有野生的青桐樹林，且被列為自然紀念物並接受保育，但它們並非源自神話時代，而是在很久以後才形成森林的。青桐並不是日本的原生植物，而是從支那傳入的。對青桐而言，海濱是很合適的生長環境，在那裡它們通常能長得很茂密。只要有一棵青桐樹，它就會四處散播果實和種子，所以要種出一片青桐樹林確實不難。然而，儘管青桐易於生長，種子又容易隨風飄揚，但它在日本山區卻未曾廣泛分布，我想原因應該在於它終究不是日本的原生植物，難免會有些水土不服。否則青桐傳入日本已久，應該早就遍布全日本了才對（人工栽培則另當別論）。

青桐常被當成造景用的庭園樹，其實它的樹皮富含纖維質，可以製作船繩，而且不易受潮，種子還能炒來吃。

此外，相傳鳳凰喜歡棲息在梧桐樹上，那指的正是本文所講的青桐，而非開紫花、木材常拿來做木屐的毛泡桐。日本畫家將毛泡桐與鳳凰畫在一起，顯然是錯的，畫家應該自我警惕才對。

◎作者簡介

# 牧野富太郎・まきの とみたろう

一八六二―一九五七

日本植物學家，出生於現高知縣，代代以雜貨與酒造營生。十七歲時受到植物學的啟蒙，自學立志成為植物學家，放棄繼承家業，前往東京追夢。在東京大學理學部植物學教室進行研究，在擔任該大學的助手、講師的期間，繼續進行植物的採集、觀察，研究植物足跡可以說除了北海道之外，遍布日本各地，發現了很多新品種。在分類學研究上有極大的貢獻，是日本第一位使用林奈分類系統分類日本植物的植物學家，因此其也被稱為「日本植物學之父」。

創刊《植物學雜誌》、《植物研究雜誌》，並撰寫多部植物學相關著作。一九二七年，通過發表論文從東京帝國大學取得理學博士學位。一九五七年去世，追授日本文化勳章。

# 寒櫻種種

牧野富太郎（まきの とみたろう，1862 — 1957）

這個嫁接計畫是由我當時的提議而生，因此我始終牽掛著寒櫻母樹及樹苗，三不五時就會想起它們。用這篇文章記錄博物館內的寒櫻種種，也是基於這番心境。

有一種叫做「寒櫻」的櫻花，學名為 prunus Kanzakura, Makino，屬於落葉喬木，不僅分枝繁多、葉片茂密，高度還可長到五公尺左右，樹幹直徑可達三十公分以上。

這種寒櫻比一般櫻花早開許多，總是在天寒地凍時盛開，「寒櫻」之名由此而來。寒櫻的花期落在二月，比彼岸櫻還早開花，堪稱櫻花的先鋒。可惜東京實在太冷了，常把它的花瓣凍傷，若在駿州（靜岡）這類溫暖的地方，寒櫻就會開得非常燦爛。

東京的賞櫻名勝荒川堤上便有兩三棵寒櫻，每到二月總是花團錦簇。雖然我已經很久沒去荒川堤了，不太清楚現況，但那些寒櫻都很高大，應該不致於枯萎。只是，可能也像同一道河堤上的櫻花樹一樣，虛弱了不少。

東京上野公園內的東京帝室博物館[1]，一進門口後偏右方也有一棵古老的寒櫻，每年開花時照片都會登上報紙，可惜記者經常弄錯它的名字，寫成「上野公園內彼岸櫻盛開」。

不曉得那公園內唯一的寒櫻現在怎麼樣了？我已許久沒去上野，不清楚當地的情況，只知道關東大地震之後，博物館發生了很多變化。它現在安全與否？有沒有什麼異狀？若在原本的地方找不到那棵老寒櫻，我一定要問問它是不是被移植到其他地方了，或者已不幸遭到砍伐……找一天我要親自去看看。

關於博物館內的這株寒櫻，有些故事我想記錄下來，因為這棵樹對我而言充滿了難以忘懷的回憶。

明治到大正年間，關東大地震以前，我曾於前述的帝室博物館的天產部[2]兼職。當時上野公園和博物館都隸屬於宮內廳[3]，公園由博物館負責管理。某天我突發奇想，如果能在上野公園裡多種一些早開的寒櫻，至少十株或二十株，當寒櫻比其他春

---

**譯註1** 現在的東京國立博物館。

**譯註2** 負責編制各種動植物、礦物圖譜的研究部門。

**譯註3** 日本政府中掌管天皇、皇室及皇宮事務的機構。

花更早開出一片花海，民眾一定會看得嘖嘖稱奇、目不轉睛。

於是，我請了一位技藝高超的花匠，從母樹取下嫁接的枝條，接到砧木上，可惜存活率並不高，最終只成功了兩棵。移植到公園之前，我便將它們先種在母樹旁。

幸運的是，這兩棵樹苗後來長得很好，但如今不曉得怎麼樣了。這個嫁接計畫是由我當時的提議而生，因此我始終牽掛著寒櫻母樹及樹苗，三不五時就會想起它們。用這篇文章記錄博物館內的寒櫻種種，也是基於這番心境。前面所寫的故事，如今的博物館員大概都不知道了，相信將這些記錄下來，定然不會毫無意義。

我任職於博物館時，一直致力在上野公園內種植罕見奪目的櫻花，讓公園景色更美，讓民眾賞心悅目。

除了前面所說的寒櫻以外，我還自費從北海道買了一百棵東北山區常見的大山櫻樹苗，將它們捐獻給博物館並種植在館內的空地。待日後這些山櫻移植到上野公園，開出比普通櫻花更鮮豔、更燦爛的花海時，風景一定會美不勝收，令遊客驚喜連連。

可惜計畫才剛啟動，便因為關東大地震爆發而被迫中止，我也受災情波及而辭去博物館的工作，無法繼續執掌計畫。

不久後，公園由東京市接管，我便向東京公園課長井下清傳達了樹苗種在博物館內一事，以及計畫胎死腹中的原委，請他從博物館將樹苗挪出，移植到上野公園。那時我才知道，原本的一百棵樹苗已經相繼枯萎，只剩下十一棵了。現在井下兄應該已經把大山櫻樹苗移植到上野公園內了，但我不清楚確切的位置在哪裡。如果那些樹苗還活得好好的，如今應該都開花了，真想看看它們每年春天是否都有盛開。可惜我仍不知道它們的現況，倘若幸運女神眷顧，不僅沒有枯死還年年落英繽紛，便不枉我在背後付出的一番苦心了。

寒櫻是我國日本的物種，但直到今天日本各地仍找不到野生寒櫻。寒櫻具有山櫻花和緋寒櫻（學名 Prunus campanulata, Maxim.）的特徵，可能是兩者的混種，但我目前仍無法證明。山櫻花和緋寒櫻的花期雖然相差甚遠，但萬一早開的山櫻花和晚開的緋寒櫻交配，的確有可能誕下後代。現在染色體研究發達，若能從這方面著手，相信一切便能真相大白。

其實我一直有個振興伊豆熱海的構想，若熱海居民願意嘗試，當地一定會繁榮起來。這個構想就是利用前面提過的寒櫻和緋寒櫻打造櫻花季，等到開花的時候，相信旅客一定會從四面八方湧入熱海。

此計畫需要準備大約一千株寒櫻樹苗（數量愈多愈好），種植在熱海適合的地區，同時也要栽種等量的緋寒櫻樹苗（當地人已有種植數棵寒櫻與緋寒櫻，每年都開得很燦爛，證明這兩種櫻花樹適合種在熱海）。熱海地區氣候溫暖，等這些樹苗長大後開花，最早一月便會綻放。屆時人們一定會愛上熱海，「熱海的櫻花已經開了」、「紅白相間的櫻花真美」等討論聲將不絕於耳，前往熱海賞櫻的遊客也會接踵而至，火車班班爆滿。熱海的旅館和飯店老闆為何從未想通這點，令我百思不得其解。

這件事說起來容易，但做起來需要時間。為了當地的繁榮，我不斷遊說居民早日種植紅白兩色櫻花，即使只是姑且一試也無妨，相信最後一定會豐收滿滿，種植櫻花也會變成一樁美談。

我建議在熱海挑選合適的地點，集中一區種植寒櫻林，而非分散到各處。緋寒櫻也比照同樣的方式種成樹林，而不是四散各地。兩片樹林要盡可能左右或上下相鄰。一段時間後，當樹苗茁壯開花，雪白的櫻花林與緋紅的櫻花林便會在二月同時綻放。屆時，熱海的紅白櫻花海一定會造成轟動，只要當地旅館業者把握機會大力宣傳，推廣賞花盛會，遊客便會爭先恐後從四面八方蜂擁而來，旅館將水洩不通，櫻花林人山人海，熱海肯定會變得熱鬧非常。

透過自然景觀促進經濟發展，乃永久之策而非權宜之計，可說是最好的辦法。對於一直以來都很關心熱海的我來說，當地人能夠聽進建議，是我的一大心願。

近年來，熱海雖然有部分居民慧眼獨具，準備了大量寒櫻樹苗栽種，但都分散在各處，與我的構想有些落差。那些樹苗若是東種一點西種一點，便無法發揮潛力，不將它們集中在一處，像梅林一樣形成櫻花林，恐怕再怎麼努力都無法獲得令人滿意的結果，這點是我最大的隱憂。

# 賞花不如吃糰子

正宗白鳥（まさむね はくちょう，1879 — 1962）

我想像著「賞花不如吃糰子」，一邊寫作，突然覺得櫻花看起來就像糰子一樣，而一串串糰子也像極了盛開的櫻花，想到這兒，便感到其樂無窮。

我家位於洗足池畔，對面是東京近郊的賞櫻勝地。自從戰爭結束前到輕井澤避難以來，我每月都會跑一趟東京，卻老是錯過轉瞬即逝的櫻花季。直到最近在這裡定居，多年來的賞櫻夙願才得以實現，能早晚看個過癮。東京的天氣一下便暖和起來，櫻花也很快就盛開了。《細雪》中有一名女子，被問到喜歡什麼花，她回答「當然是櫻花」，被問到愛吃什麼魚，則回答「鯛魚」。日本人的喜好大抵都是如此。我出生於瀨戶內海沿岸，從小大人就告訴我，濱燒鯛魚是最好吃的魚，將海鹽抹在剛捕撈的鯛魚上烘烤，即為人間第一美味。小時候的我也認定櫻花就是最美的花。如今從我的房間正面望去，櫻花從三分、五分到盛開，花苞接二連三綻放，一片花團錦簇，看著看著，便想起自幼大家都教我櫻花乃花中之王，鯛魚乃魚中之王。我陸續回憶先前去過的賞櫻名勝，藉此怡情養性一番，據我觀察，自古文人雅士吟詠不絕的吉野，如今正是日本第一的櫻花勝地。我曾造訪吉野三次，第一次體驗最好，儘管鮮花、景致都一樣漂亮，卻少了雜沓的人聲，也沒有喝得爛醉如泥的酒鬼。世風日下，第二次、第三次前往時，竟然覺得花謝後的吉野還比較美。

鯛魚乃魚中之王，櫻花乃花中之王，獅子乃百獸之王，人類乃萬物之靈……舉凡和歌、俳句、故事、繪畫和樂曲，從古至今，人們竭盡所能讚美櫻花，甚至已想不出新的褒獎之詞。

「神乃天地主宰，人乃萬物之靈」是我在孩提時讀的第一本課本所接觸到的概念。可惜這麼難的句子卻沒有註釋，我只好囫圇吞棗、死背下來，後來才知道這些課文都是從美國小學課本 Willson Reader 直譯過來的。同一時期的公民課本則有「菸酒有害身心健康」等訓誡，對年僅六、七歲的我們來說，這便是最早學會的人生箴言。

在學校，除了得讀這些國小課本和公民課本以外，還得像封建時代的私塾一樣，朗讀孝經、論語、孟子。現在回想起來，那些朗讀課多多少少成了我的精神糧食，於立身處世上惠我良多。

也是在那時候，我們開始練習作文，得寫出一些像樣的文章。題目不外乎《慶祝天長節》、《春季皇靈祭日登山記》等等，但我提起筆來，望著題目只是一片茫然。

後來我絞盡腦汁總算擠出了一點東西，什麼「村裡的家家戶戶都掛起了太陽旗」，什麼「天氣清朗，大海也很平靜」，寫完頗有成就感，覺得自己做了一件了不起的大事。其實當時很少有房屋懸掛國旗，但我還是寫了，當時的作文這樣是無妨的，就算寫拎著一壺酒去爬山也行。

某次的題目是賞花記。那時山上和原野都開著櫻花，我望著櫻花，搜尋著靈感，不知不覺愈看愈入迷，心裡感到很不可思議——為何櫻花這麼美呢？我家後院裡有一棵八重櫻，比其他單瓣櫻花開得都晚，當它盛開時，奶奶會早早做好便當，和孫子一起辦賞櫻大會。我打算以這為主題，寫一篇賞花記。我一面仰望後院裡尚未盛開的八重櫻，一面構思賞花記的草稿，可是一下筆，腦袋就亂糟糟的，什麼也寫不出來。櫻花盛開，奶奶帶我們幾個孫子一起吃便當，裡頭有煎蛋卷、魚板、燉菜……今年明明還沒吃，我卻想寫得煞有其事，但沒吃就是沒吃，終究寫不出來。「為何櫻花這麼美呢？」不然就寫今年冒出來的這個疑問好了，可是又覺得太混。最後我無計可施，便交了一張空白稿紙給老師。

「你怎麼交白紙呢？這樣會拿零分哦。」

「那也沒辦法。」

「好歹寫點什麼吧。現在櫻花開得正好，你知道『人中武士花中櫻』嗎？」

「不知道。」

「那你聽過『繁櫻枝頭開，馬兒樹下栓。悍駒一朝怒，落花似雪寒。』這首詩嗎？」

「沒聽過。」

「那總知道『賞花不如吃糰子』吧？老師知道你愛吃糰子，就寫你賞櫻吃了糰子，怎麼樣？」

既然老師都這麼說了，我便恭敬不如從命。我想像著「賞花不如吃糰子」，一邊寫作，突然覺得櫻花看起來就像糰子一樣，而一串串糰子也像極了盛開的櫻花，想到這兒，便感到其樂無窮。

〈賞花記〉變成了〈糰子記〉，滿樹開的都是糰子。老師還給了我很高的分數，可見老師也挺幽默的。

不過對我來說，糰子依舊是糰子，櫻花也還是櫻花。糰子滿足口腹之慾，櫻花教人賞心悅目。某天，我吃了好幾串鄰居送來的糰子，一個人在院子裡賞櫻，或許是想消化被糰子撐得圓鼓鼓的肚子吧，我爬上櫻花樹，抓了一把櫻花塞進嘴裡。說不上好吃、也說不上難吃，卻有種美好的事物從口中通過喉嚨抵達胃裡的感受。於是我又抓了第二把、第三把，吃得津津有味。吃飽後，我從樹上跳下來，仰望盛開的櫻花，心想這麼漂亮的花，卻沒有人知道是什麼滋味，真是一件有趣的事。然而就算再美，櫻花終究不是人類的食物，所以我並未將此事告訴任何人。

隔天午餐過後，我又到院子裡賞櫻，發現花色比昨日更加嬌豔，於是我又爬上櫻花樹，抓了兩三把塞進嘴裡吞下。味道根本無所謂，重點是將美好事物吃進肚子的感覺實在棒了。不知在家人發現以前，我能吃掉多少櫻花？從此吃櫻花便成了我不為人知的小樂趣。

◎作者簡介

# 正宗白鳥・まさむね はくちょう

一八七九—一九六二

小說家、劇作家、評論家，本名忠夫，出生於日本岡山縣。一九〇一年東京專門學校（現為早稻田大學）文學科畢業，在學中曾受洗，但不久後便離開教會。師事島村抱月，並在其指導下於《讀賣新聞》撰寫文學評論，一九〇三年成為《讀賣新聞》的記者，負責撰寫劇評、文藝評論、美術評論等。一九〇四年發表處女作〈寂寞〉，一九〇七年發表〈塵埃〉，並於一九〇八年相繼發表〈何處〉、〈五月幟〉等作品，以客觀的筆法描寫虛無的人生觀，奠定自然主義代表作家的地位。自發表〈何處〉至死，不斷唱逑人生的虛妄，因而被稱作「虛無主義者白鳥」。

# 櫻花

薄田泣菫（すすきだ きゅうきん，1877 — 1945）

這就是為什麼櫻花不似梅花與杏花一樣會結果。櫻花自己便是生命的象徵與火花，即使在其他花眼中，櫻花不過是在浪費青春，那又如何？

櫻花是春日百花中最燦爛的風景之一。細雨綿綿、春寒料峭，帶著淡淡粉紅、看似傷心垂首的花苞，一夜之間竟然全數綻放，在雨後撒滿金粉的晨光下眉開眼笑。它不像大部分的植物從花苞慢慢開花，而是一鳴驚人，除了感動，更教人訝異。猶如跳過第二樂章，直接演奏第三樂章，直搗意象與快樂的核心。在一片欣欣向榮的喜悅中，種子發了芽，小草、樹木、吱吱喳喳的鳥兒、沉默寡言的野獸、悠哉散步的蝸牛、成天挖地的鼴鼠，彷彿也都被施加了魔法，沉浸在幸福的美夢中。唯獨櫻花，將三個月的美好春光都斟進了僅僅設宴兩三天的酒盞中，讓大家品嚐它熾烈燃燒的生命，享受它的燦爛與奢華。熱戀者，無不義無反顧，絕不回頭。

**櫻花點點，嘆往昔種種，昨是今非。**

這是古代詩詞家詠櫻花的詞，但詞中主角儼然並非櫻花，而是詩詞家自己。畢竟櫻花可沒有什麼好追憶和後悔的，它們忙著熱戀和自我燃燒都來不及了，甚至無暇繁衍後代。這就是為什麼櫻花不似梅花與杏花一樣會結果。櫻花自己便是生命的象徵與火花，即使在其他花眼中，櫻花不過是在浪費青春，那又如何？

我記得在德川幕府末期，大約弘化年間，名古屋有一位師承山本梅逸、名叫小島老鐵的畫家。他在古剎閻魔堂蓋了一座像倉庫的小庵，即使生活非常困頓，甚至連乞丐都不如，他依然如花中君子——蘭花一般秉持著高潔的志向。某年冬天，連日來冰天雪地，簡陋的小庵實在抵禦不了嚴寒，一位好心的朋友便特地送了三袋炭過來，令老鐵感激涕零。

「多虧你為我雪中送炭，我這就來點火取暖。」

老鐵說完立刻點火，將三袋炭一口氣全燒了，然後蹲在炭火旁取暖。

「好溫暖啊，真舒服，好像變成了大富翁，我已經很久沒有這種感覺了。」

他心滿意足地說著。

雪中送炭的朋友或許是認為有了這麼多炭，老鐵便能度過寒冬，一般人當然也是這麼認為的，但老鐵不一樣，他一口氣便把三袋炭燒個精光。我想，畫家老鐵那天的心境一定是這樣的：像以前一樣省吃儉用，每天燒一點炭，三袋炭最多只能燒六十天，那樣的日子多乏味啊，這炭得來不易，當然要轟轟烈烈地燒上一回，即使要在五十九天的寒風中瑟瑟發抖，我也甘之如飴。他蹲在炭火旁取暖，滿心歡喜地道：

「好像變成了大富翁啊。」

如他所言，這不僅是物質生活的一大躍進，也是經驗上的突破，更是以截然不同的心態面對世界後所探索到的新發現。

秉持跟畫家老鐵同樣理念的人，才能與櫻花深深共鳴，我認為，老鐵的精神，在櫻花身上可謂展露無遺。

◎作者簡介

# 薄田泣菫・すすきだ きゅうきん

一八七七—一九四五

詩人、隨筆家，出生於日本岡山縣。岡山中學肄業後，便前往東京，在上野的圖書館自學。一八九七年於雜誌《新著月刊》發表標題為《花密藏難見》的十三篇詩作，受到島村抱月的讚賞。一八九九年刊行第一詩集《暮笛集》，廣受好評，以此奠定詩壇地位，後來陸續發表《逝春》、《二十五絃》、《白羊宮》等詩集，從浪漫主義的近代詩推展至象徵詩，成為島崎藤村、土井翠之後明治後期的代表詩人。後來轉為創作散文隨筆，著有《茶話》、《艸木虫魚》等隨筆集。

# 社日櫻

河井寬次郎（かわい かんじろう，1890 — 1966）

---

一棵繁花似錦的樹，一群眷戀春天的古人——這一帶的泥土裡，一定滲透著好幾代祖先們潑灑的賞花酒與熱情吧。

小鎮西邊有一片農田，田裡有一處隆起的丘陵，丘陵頂端矗立著社日神的石碑，一旁種著社日櫻。相傳這棵社日櫻從前枝繁葉茂，大到能將整個丘陵壟罩起來，近看滿是花海，遠觀彷彿一朵碩大的白雲。

社日神是莊稼人的心靈支柱，能保佑風調雨順、農穫豐收。這棵櫻花樹雖然不知是誰種的，卻生得巍然挺拔、亭亭如蓋，不知不覺間百姓便將它視為神明化身，當作春日恩澤的象徵。

孩子們每每看見丘陵草皮中這棵櫻花樹偌大的枯幹、從中冒出的兩條臂膀似的根芽，以及四周的麥園與桑田，總會遙想從前故事中的社日櫻。一棵繁花似錦的樹，一群眷戀春天的古人——這一帶的泥土裡，一定滲透著好幾代祖先們潑灑的賞花酒與熱情吧。

待未來的某一天，世人發明檢測土質的機械，孩子們一定會圍著嗡嗡作響的儀器，瞧得津津有味吧。

安來有千戶，地靈人才出。十神青巒立，社日粉櫻舞。

樹雖然枯萎了，花卻仍在歌謠中綻放。鎮上既然有千戶人家與十神山，又怎能少了社日櫻呢？

當時日本各地的神木正值青黃交替之時，老樹接二連三凋零，但人們已等不及慢慢培植神木，只能挑選生長速度最快、花期最燦爛的樹苗四處種植。果不其然，不到十年間，這座丘陵又成了一片花海。

不僅這裡，各處都一樣。櫻花從一朵變成一簇，從一簇長成一樹，連綿無盡，勾畫出繽紛熱鬧的春色。

那些櫻花全都是染井吉野櫻，然而，越過這座丘陵，抵達下一處山岡，在梯田邊，在山麓的農舍旁，仍有一樹山櫻遺世獨立，悄然綻放，代替人們追思靜靜而逝的春天，這點倒是一如往昔，從未改變。

◎作者簡介

# 河井寛次郎・かわい かんじろう

一八九〇—一九六六

陶藝家、隨筆家，出生於日本島根縣。一九一四年東京高等工業學校窯業科畢業後，便進入京都市立陶瓷器試驗所工作，並認識濱田庄司。一九二〇年於京都五条坂建窯，隨後獨自創業。一九二三年左右，作品多為以中國、朝鮮古陶瓷的手法創作，但自一九二五年左右漸漸發現古民藝品之美，便與柳宗悅、濱田庄司等人發起民藝運動，並到日本各地、沖繩、朝鮮、滿州（中國東北地區）旅行，探訪當地的手工藝品。戰後，其創作更加自由奔放，作品風格自成一家。曾推辭人間國寶、文化勳章等推舉，一生無官無位。著有《化妝陶器》、《命之窗》、《火之誓》、《六十年前的我》等書。

# 樹與葉——梅與櫻

若山牧水（わかやま ぼくすい，1885 — 1928）

---

潔白勝雪的梅花一朵朵開在彷彿已枯萎的枝頭，冷颼颼的西北風挾著一縷東風，每到這時候，我的心就會無緣無故遭憂鬱滅頂。

二月梅花盛開之際，我的心總會格外寂寞。潔白勝雪的梅花一朵朵開在彷彿已枯萎的枝頭，冷颼颼的西北風挾著一縷東風，每到這時候，我的心就會無緣無故遭憂鬱滅頂。

我只想緊閉雙眼，心底卻澄亮、冰冷而清醒。此時的我做什麼都提不起勁，只是一股腦地想抽菸。

環顧周遭林木，常綠樹如金屬般黝黑、發亮，落葉樹則泛白、寂靜地凋零。樹根旁頹靡枯萎的草叢，噙著冬日的煦煦陽光。此時初開的朵朵梅花，便是我的心頭好。

歲歲又年年，憂容復歡顏。梅雪藏春色，今朝始爭妍。
梅香幽幽飛，我心忡忡悲。日夜愁雲裡，寂寥又為誰。
寒梅隱枝首，花開二月後。疏影暗香來，點滴在心頭。

但不管怎麼說，春天最美的還是櫻花，而且賞櫻名勝絕對不會塵土飛揚。大多是靜謐的庭園裡開著一兩樹櫻花，雨後鮮麗奪目，在璀璨的陽光下閃閃發亮，美不勝收。

日薄西山入，暮冥南浦中。長空春雨稀，繁櫻露華濃。
狂風驟雨來，傾盆如暴浪。落櫻化春霖，一夜滿院香。
春日興正濃，開窗望梢頭。櫻花皆落盡，徒留一樹空。
春光無限好，丹櫻雨飄搖。豔陽當空照，可曾焦痕燒。

後來我還見到了山櫻。這種山櫻是單瓣，顏色如雪一般潔白，中間帶著一抹朱紅，葉片比花更先長出來，一朵一朵彷彿晶瑩剔透的紅色露珠。這在都市或庭園是見不到的，一定得到深山裡才能一睹芳容。

枝頭掛深紅，山櫻醉玲瓏。一抹新綠發，最是迎東風。
朱蕊纏翠葉，白櫻倚青枝。花開如笑靨，流光燦爛時。
落坐山道旁，呼朋賞櫻芳。人跡聲雜沓，花盛草稀茫。
春和景日麗，瀲灩帶漣漪。山櫻幽香至，芬芳沁心脾。
枯萱山麓下，除草耕園庭。碧葉繁似錦，緋櫻吐嬌芯。

◎作者簡介

# 若山牧水・わかやま ぼくすい

一八八五—一九二八

歌人，本名繁，出生於日本宮崎縣。自就讀延岡中學時便以牧水之名創作和歌。一九〇四年進入早稲田大學英文科就讀，並拜尾上柴舟為師，主要於雜誌《新聲》發表作品。一九〇八年大學畢業後，自費出版歌集《海之聲》。一九一〇年出版第三歌集《別離》，一躍成為歌壇寵兒，當時與同門的前田夕暮比肩，被稱作「牧水・夕暮時代」。一九一〇年《創作》創刊，並擔任編輯。在短暫的生涯中，創作逾九千首和歌（含未發表），歌風明晰流麗，被視為自然主義歌人，且喜愛飲酒與旅行，日本各地約有三百座牧水的歌碑。

# 樹與葉——懶惰鬼與下雨天

若山牧水（わかやま ぼくすい，1885 — 1928）

梅花含苞待放的時候，溫暖的大雨會滂沱而下，淋在殘雪上。櫻花凋零後，雨水會落在草木間、庭院的石頭上，或是我家屋頂與櫛比鱗次的房舍上。

我最討厭陰天了，要下雨不下雨，要放晴又不放晴。這種陰鬱的天氣總會令頭腦暈沉沉的，不僅手腳無力，連眼睛也睜不開，心中悶悶不樂，做事情也提不起勁，懶洋洋地令人窒息。

直到看見雨滴從天而降，靜悄悄地將周遭淋濕，才會漸漸恢復正常，不再手足無措。這下總算可以坐在書桌前，也可以躺下來翻閱報紙，安心處理事情了。不期盼下雨，不外乎渴望放鬆。當我有什麼計畫必須實行時，就會偏好晴天而不是雨天。

但對於汲汲營營、疲憊不堪的心而言，雨便猶如甘霖。望著雨水一滴一滴地落下，心靈會跟著平靜下來，偷懶也能心安理得。

雨往往也是季節的指標，因此四季遞嬗時所下的雨特別令人動容。例如梅花盛開時、新葉萌芽時，以及冬天初雨時。

梅花含苞待放的時候，溫暖的大雨會滂沱而下，淋在殘雪上。櫻花凋零後，雨水會落在草木間、庭院的石頭上，或是我家屋頂與櫛比鱗次的房舍上。那井然有序、散發著晶瑩光芒的雨絲十分令人喜愛，有時淅淅瀝瀝地下，有時則輕輕滴落在草木的葉尖上。

西庭竹林雨撲簌，東風解凍把舊除。
斜風陣陣飄細雨，春日暖暖降甘霖。
風雨飄搖天色暗，帳中偷懶意闌珊。
出門打傘步雨下，滂沱聲裡探梅花。
泥足涉水把傘張，梅香幽幽雨露芳。
三月傾盆雨中遊，我心飄然樂無窮。
細聽潺潺雨聲落，但聞唧唧蟲鳴多。
清晨蟲鳴雨中深，庭內落葉亦繽紛。
雨落且開一扇窗，讀書翻頁好時光。

清早開燈捲珠簾，室內聽雨夢流連。

我寫了很多詠春天初雨和時雨的詩詞，卻很少歌詠最愛的新葉雨。印象中只有寥寥兩首：

梅雨天晴薄日照，院落蟲鳴響雲霄。
雨雲遠去草蒼翠，夏蟲嗡嗡聲低迴。

傍晚時分的歌倒是有好幾首：

炊煙裊裊燻庭院，夏雨濛濛潤桑田。
日暮霪雨傾如注，枯園穗草淚猶珠。

驟雨強風掃晚霞，綠葉碧草折新芽。
結實纍纍澀柿樹，暴雨轟轟向晚瀑。

一日之計在於晨，早上的雨最為動人。也唯有清晨的雨珠，一串一串映入眼簾時能那麼剔透如玉。

觀雨固然不錯，但聽雨也很好。尤其是在夜裡偶然醒轉，聆聽無垠的雨聲更是一種享受。

夜半滴答敲屋稜，夢中轉醒聽雨聲。
狂風傾盆淋落日，夜下聆雨總是詩。

雨經常安慰疲憊的人。

夜幕低垂天未明，雨露伴我理萬機。

從雨點淅淅瀝瀝的旅館開窗，眺望遠山層層疊疊的白雲，也是一種雨中情趣。

若山上種滿杉樹，雨絲就更加生動了。

例如在紀伊的熊野浦。

旭日生煙雨如霧，乘船遙望熊野浦。

例如在下總的犬吠岬。

遠遊海岬一宿留，三更大雨幾時休。

例如在信濃的駒嶽山麓。

汩汩野嶺雪水融，潺潺荒山雲雨落。

例如在上野榛名山上的榛名湖。

榛名湖畔青山巒，女子霪雨溼衣衫。

例如在常陸的霞浦。

草蓆躲雨望烏雲，海浦觀浪數白煙。
煙雨朦朧海浦上，乘船細聽浪濤長。

平常我都是用房裡的大書桌寫作，但有時就是不想待在室內，因此我做了一張小桌子，悶的時候就帶著它到走廊上寫寫東西。近來氣候怡人，不需要再點火爐，我便更喜歡帶著小桌子到外面去了。

走廊上有一扇窗戶，窗戶旁有四、五棵茂密的樹。其中的楓樹已經不知不覺開花結果，大約再過兩三天，那些像鳥羽的小翅果就會轉成粉紅色，不過現在仍是純白色的。雨點從昨日開始便落在楓樹的果實、葉子、枝幹上，看樣子還會再下好一會兒。

楓樹的根布滿了青苔，兩隻小東方蟹已經在上面嬉鬧許久。

雪中偶遇成知己，小蟹離別傷嘆息。

# 草溪蓀

泉鏡花（いずみ きょうか，1873 — 1939）

我在牆邊種了牽牛花及扁豆，在海棠樹下種了蔘菜，在茶園前種了三到五株蝦夷菊和玉米。萬眾矚目的「神殿」則種在園內地勢較高的地方，旁邊有一塊飛石。

我租的房子位於二丁目，房東是道地的江戶男兒，從來不把院子圍起來，只在面對後巷的木門上，寫下「非誠勿擾」做做樣子，前庭根本連大門都沒有，因此深夜時分依然暢通無阻。不過，這僅限於熟人通行，陌生人當然是「生人勿近」了，關於這點我也贊成。畢竟這附近的五、六戶人家也不乏美女，讓陌生人探頭探腦未免多生事端，這裡又不像花街柳巷一樣燈籠高掛，屋子裡也沒有傳出三味線的絲竹聲，我們當然不希望龍蛇雜處，舉凡裹著頭巾、雙手抱胸，剛出浴、肩上掛著澡堂毛巾的可疑人士，一律不歡迎。只有豆腐販、蔬果商、魚販、賣油郎可以進出。

清晨這裡也會有賣納豆的小販，以及到附近國小上課的幼童通過。此處正好位在上學捷徑，所以孩子經常三五成群。每月初一及十五，也會有兩、三名花販喊著「花喲，花喲」沿途兜售撫子花、矢車菊等鮮花。再晚一點，修木屐的鞋匠、磨剪刀的鐵匠會來到紅梅樹下的水井旁，擺出磨刀石，或在木槿籬笆旁架設天秤。下雨天時，筍販會穿上蓑衣，睜著烏溜溜的眼睛偷瞄綠柳旁的廚房。某個初夏傍晚，竹竿上晾的衣物在新月下閃閃發光，蝙蝠偶爾飛過，有位嗓音很好聽的賣苗小販從我家窗外經過，只聽他喊道：「菜苗、秧苗，黃瓜苗、茄子苗……」那叫賣聲與大河流經的今戶地區三味線頗為相似，都很活潑輕快。「賣苗小哥，請留步。」我從窗口叫住他，小哥趕緊回頭。我打開小門，邀他進入院子裡。小哥進來後脫掉簑衣，露出憨厚老實的圓臉，笑瞇瞇地說：「來了來了，您慢慢看。」他放下扁擔，用曬黑的手將藍色雞冠似的雙葉幼苗一一取出，每一株看起來都很健康。我請家中的長輩、弟弟也一起來挑，還把神樂座一座的一名男旦也叫來了，他姓江口，單名秋，在歌舞伎中飾演女子，面容十分清秀。大家圍在簷廊買苗，恨不得全包下來，但我還是斤斤計較著「午餐配菜得花這些錢，晚餐要買豆腐……」還得留預算給初鰹。最後我從可動用的零錢中撥了一分金買下七八種價值不菲的苗。儘管買了這麼多，能種植的菜園卻只有五坪大。

我買了四季豆、扁豆、蔘菜、荔枝、辣椒……大家先別罵我怎麼都買些尋常蔬果，畢竟小哥太會叫賣了，什麼北海道的花荔枝、鷹爪辣椒、多子多孫的酸漿、無藤的四季豆、精挑細選的蔘菜，還有粒粒皆飽滿的玉米等等。

此外，也有牽牛、草莓等等會開花結果的苗，其中有兩種的稱號格外氣派，分別是「牡丹花開之蛇眼菊」和「神殿九重門」。我那傻弟弟一聽就心動了，連忙催促道：「哥，快買快買。」所謂的「牡丹花開蛇眼菊」其實就是「蝦夷菊」，如此冠上稱謂就彷彿平家武將自報名號：「吾乃清盛公第九代後人，平家之……」只要加上「之」字便氣勢非凡。不過，另一個「神殿九重門」我就猜不透是什麼了。我問賣苗的小哥，他說：「那是一種美若天仙的花。」把蝦夷菊稱為蛇眼菊確實有意思，但是美若天仙的花稱為「神殿九重門」似乎有點牛頭不對馬嘴。我並不是在嫌名字取得不好，而是買這兩種花都得額外多付五錢，所以當然要問清楚。

然而，我那傻弟弟卻接著說：「不過是多付一枚白銅硬幣，有什麼好猶豫的？」我沒好氣地道：「小弟，瞧你被『神殿九重門』這名字迷得七葷八素的，這花又不是白面金毛九尾狐。」我打算溜回二樓，他卻抓住我的袖子繼續賴皮：「拜託啦，買嘛，不就是多種一盆花嗎？」賣苗小哥也說：「老爺，您就當作被騙，姑且一試吧！」連秋兄都頻頻幫腔：「要不然我負責種吧？」大家都被「神殿九重門」這名字迷得神魂顛倒了。無奈之下，我只好長嘆一聲，又掏了一大筆錢出來。

我在牆邊種了牽牛花及扁豆，在海棠樹下種了蓼菜，在茶園前種了三到五株蝦夷菊和玉米。萬眾矚目的「神殿」則種在園內地勢較高的地方，旁邊有一塊飛石。園裡早就有了慶典中常見的三色堇、雛菊、金盞花，花色有白、紅、斑紋、深紫，開得爭奇鬥豔。園裡也有白色的紫雲英，一株可以長到五尺平方這麼茂密，葉子像手掌一樣大，莖長五寸，只要陽光充足，在土堆上不出二十天就能開花。這種花是立春過後，某個乍暖還寒的清晨，我難得早起，和秋兄去河堤挖回來的。當時我們把路旁雜草上的霜撥掉，打算將紫雲英連根挖回去，結果挖的時候收在袖子裡的火箸居然從外套袖子的裂縫掉了出來，遺落在路上。火箸是夾炭火的工具，少了它，在廚房變得很不方便。草木雖然無情，但見我這麼狼狽，似乎也想安慰我，所以長得格外茂盛。那株紫雲英的葉片不過才兩三天，就大到把神殿九重門的苗都蓋住了。

枝雖小卻生氣勃勃，扁豆藤的頭也漸漸長出來了，神殿九重門卻空有響亮的名號，生得弱不禁風，葉子的形狀也不漂亮。然而這莫名其妙的植物卻長得很快，接二連三冒出來，我想把它除掉，還菜園清靜，然而這裡拔了一株，那邊卻又冒了另一株出來，不知不覺間居然長出一堆跟神殿草一樣的雜草。弟弟很不高興，就連一開始悉心呵護、頻頻為神殿草澆水的秋兄，都看得目瞪口呆、罵聲連連。後來大家也見怪不怪，看到草長出來就知道又是神殿九重門。自那以來，這個名字在我家就成了「名不副實」的代號，當我宣布「今天有大餐」的時候，弟弟和秋兄甚至會背著我咕噥：「吃什麼？神殿草嗎？」

日子一天天過去，大家已經懶得再提神殿草。某天午餐，我用完「神殿菜」，不經意地望向院子，赫然發現連綿的紫雲英中開了兩朵淺紫色的小花。我走近一看，把草撥開，發現它長得很像菫菜，但沒那麼大，六片花瓣呈淺紫色，帶有深紫色的條紋，花蕊是黃色，莖比繩子還細，葉片像水仙一樣嫩綠而柔軟，我見猶憐的模樣令人深怕手一摸它就要消失了。我並沒有忘記它還是花苗時的樣子，這種花百分之百是神殿草。原來「英雄欺人，苗販卻不曾欺我」，我把大家都叫到身邊，將神殿草連著根和土挖起，移植到花盆裡，澆了水擺在牆邊照料，結果它變得更美了，美得連那些慶典繁花都比不上。在夜露的滋潤下，隔天它又開了兩朵花，每一朵花在日落時分都會凋零，但天亮又會開出新的花。就這樣過了三個早晨，迎接第四個黎明時，我一看，花居然只剩一朵，葉片都枯萎了，根也乾巴巴的，跟昨天完全不一樣。我找不到含苞待放的花蕾，失望地道：「神殿草就是神殿草，不過曇花一現。」

可是隔天一早，秋兄卻咚咚咚地跑上二樓，拍了拍睡夢中的我的枕頭，大喊：「快起來，你這個負心漢！人雖無情，花卻有心，昨天神殿草大概是被你嫌棄，結果發憤圖強，今天早上一口氣開了十一朵花啊！」我急忙起床，衝進院子裡抱起盆栽，還真的開滿了花，就像山裡的菫菜花海一樣。「我可愛的小花，你開得好美啊！想不到你像薊花和野百合一樣倔強，我昨天說的話一定讓你很生氣吧？雖然你怨恨我，卻不惜犧牲百年壽命，一朝怒放，可見你的靈魂就跟外表一樣善良可愛。」我言不及義地安慰它。盥洗完畢後，我將花盆挪到書房的小桌子上，趁著四下無人，正襟危坐地向它道歉。「這種花每到傍晚就會凋零，或許避開強風，至少能讓葉子活久一點……」我對它百般呵護，內心卻始終自責，但它竟然不計前嫌，隔天又開了十三朵花。我喜出望外，趕緊宣布：「以後別再叫它神殿草了，它是我們家最寶貝的花。」從此家裡每個人都很愛護它。某個星期天，後藤宙外來到我家作客。

宙外兄一手夾著香菸，另一手摸著葉片，感嘆地說：「如此美若天仙的花，居然會開你這個不解風情的傢伙身旁。」不解風情如我，連忙詢問這種花的名字，他回道：「我也忘了，答不上來，前田曙山向來熟悉花草，不如你摘一朵，帶去給他看看？」我捨不得摘，只好把花的顏色、葉片形狀仔細記下來。隔天我便前往四丁目曙山兄任職的出版社，詢問這是什麼植物。他微微頷首，在紙上寫下一個名字，回答：「應該是這個吧？草溪蓀。模樣像青竹骨的女扇鑲著紫色珠玉，會愈種愈美。」這下我總算得知了這種植物的真實身分，但不論它是什麼，都是我最愛的花。

# 紫藤果實

寺田寅彦（てらだ とらひこ，1878 — 1935）

下午，我和京都大學的 N 博士結伴同行，走到上野清水堂附近時，旁邊的大銀杏樹突然開始飄落許多葉子，一分鐘後又回歸了平靜。

昭和七年十二月十三日，傍晚我回家後坐在客廳的桌子前，突然聽到一陣尖銳的聲響，好像有什麼東西撞到了附近的拉門。本來以為是小朋友惡作劇亂扔石頭，結果是庭院藤架上的一個藤豆迸開彈了出來。據家裡的人所述，今天下午一點到四點左右，庭院和廚房前方的紫藤不約而同紛紛裂開。聽說廚房那邊的碰撞聲更是猛烈，藤豆直接撞上約兩公尺外的拉門玻璃，至今仍讓人心有餘悸，以為玻璃都要碎裂了。而我一回家碰上的，似乎是當天最後一次爆炸。

這麼多的藤豆突然在當天一起裂開，可能是因為連日晴朗的天氣使空氣變得非常乾燥，這天又格外晴朗，濕度也更低，才導致許多藤豆一齊乾到了極點。

不過，藤豆能以如此猛烈的力量彈出，實在是令人嘆為觀止。書房屋簷的藤架距離起居室的拉門少說也有十公尺之遙。要從地面三公尺高的地方水平發射，撞上十公尺外拉門距地面一公尺高的點，即使撇除空氣阻力，發射時的初速度少說也要達到每秒十公尺以上。想不到那乍看已經枯死的豆莢，竟然蘊藏著如此強大的動力。這晚偶然的觀察勾起了我的興趣，我開始研究藤豆巧妙的迸開原理，竟陸續發現許多驚人事實。不過，這些事實我想找個適當的時機跟地點擇日再行公布。

總之，我先前便多次注意到植物界也有這種類似「潮汐」的現象。例如，庭院前的山茶花會在春季掉落，有時夜裡一點風也沒有卻一口氣落了一地，有時晚上起了風卻一丁點也沒掉。從統計數據來看，這個現象與群震的發生十分相似，其他地方也早有這類的報導。

另一個類似的現象則是銀杏葉的掉落方式。我在某間研究所有自己的研究室，從那裡望出去可以看到大銀杏樹的樹梢，若樹上的葉子已經轉黃，外頭又豔陽高照，金黃璀璨的銀杏葉會將室內映得閃閃發光。隨著秋意漸濃，樹梢上的黃葉紛紛掉落，枝頭也愈顯孤寂。不過，我是到去年秋天才開始注意樹葉的「散落方式」。去年的某天午後，我不經意地望向那棵樹的樹梢，結果樹上的葉子彷彿一口氣遭到修剪，開始大量飄落。我驚訝地看著眼前的景象，接著發現超過五公尺外的小銀杏樹也開始掉葉子，它們像是說好一樣，掀起了漫天金雪。神奇的是，當時幾乎無風，因為樹葉直直地穿過枝條，落到了地上。這讓我有些毛骨悚然，彷彿有個看不見的怪物在搖晃樹木，或是關閉了某個地方的開關，讓鐵製的黃葉從電磁鐵上一口氣掉下來。此外，今年的十一月二十六日下午，我和京都大學的N博士結伴同行，走到上野清水堂附近時，旁邊的大銀杏樹突然開始飄落許多葉子，一分鐘後又回歸了平靜。當時也幾近無風，落葉只有些微的飄動。N博士興高采烈地說自己第一次看到這種現象。

這種現象的生物學機制是我們物理學者所無法想像的。不過，能確定的是，葉子從樹枝這種物質上脫落時，會產生一種物理現象。這不僅點出了許多疑問，也督促我們要展開各種實驗性研究。若植物學家和物理學家能攜手探討，說不定會有什麼驚奇的發現。

題外話，我家小朋友前幾天從樓梯上跌落受傷，我們便請附近的醫生M博士過來看診，結果M博士的小孩也在那天放學回家的路上跌倒，不僅擦傷了鼻尖，還流了鼻血。接著過了兩三天，我家另一個小朋友不僅在百貨公司被人扒走了手提包，站在電車停靠站的安全區域時，還被路過卡車所載的行李給勾破了上衣，而我家女傭也在同一天把重要的包裹忘在了電車裡。從現代科學的角度來看，這純粹只是巧合，毫無爭議。但這一連串的事情若真是巧合，那銀杏飄落的葉子和藤豆彈出的事件或許也都是巧合。如果這並非巧合，那上述的情況也很可能不是巧合。至少在家裡出事時，家裡人的精神狀況可能多少跟平常有些不一樣。

年末到新年這段期間常有名人逝世的訃聞登上報紙，若正逢流感盛行就合情合理了，但並非所有情況都能有明確的解釋。

大約在四五月時，日本各地曾幾乎同時發生森林大火。一天之內，九州至奥羽十幾處火光沖天也不足為奇。過去人們總是用「流年不利」等籠統的說法解釋這種現象，如今終於能用科學方式佐證了。根據統計研究的結果，這種森林大火大多是由明顯的鋒線從日本海朝太平洋前進，途經本州列島所引發的。

人們相信「厄日」、「三隣亡[1]」等不吉利的日子會導致受傷、遺失東西、病情加重，或是飛機墜落、列車相撞，以現代科學的角度來看，那只是單純的迷信罷了，但將來卻未必無法以科學給出明確的「解釋」。只不過，現階段要證明這些現象還很困難就是了。

**譯註1** 不宜動土的凶日。

◎作者簡介

# 寺田寅彥・てらだ とらひこ

一八七八—一九三五

散文、俳句作家，也是一位地球物理學家，筆名吉村冬彥、寅日子、牛頓、藪柑子。他出生於東京，家中是高知縣士族，因生於戊寅年寅日，故名寅彥。高中時受英文老師夏目漱石、物理老師田丸卓郎的影響，立志鑽研文學與科學，並曾加入夏目漱石所主持的俳句同好團體紫溟吟社。一八九九年進入東京帝國大學理學院就讀，一九〇八年取得理學博士學位，在學期間多次在雜誌《不如歸》上發表散文作品。曾任東京帝國大學教授、理化學研究所研究員，亦為帝國學士院會員（相當於中央研究院院士）。

他的散文題材多元，除了寫在故鄉高知的風物、回憶，也自物理、數學、天災、自然科學等領域取材。著有《冬彥集》、《藪柑子集》等散文集。

# 雜記摘錄

寺田寅彥（てらだ とらひこ，1878 — 1935）

好奇如我打開罐子一看，原來裡頭放了各式各樣的碎餅乾，每種口味都有一點。見到這些，我不禁心頭一震，眼淚無法克制地不停湧現。

一

今年春暖花開時，我為了辦事前往上野的山內，也就是寬永寺附近一趟。結束後，我在竹台閒逛，意外開啟了一趟賞花之旅。看著花，我突然意識到自己雖然從年輕時便經常到上野賞櫻，但好像近年來才真正領略到賞櫻的樂趣。以前我去賞櫻，總會不由自主地觀察來賞櫻的遊客，因為太在意人潮，回家後反而有種腦筋過勞的感覺，甚至有點沮喪。帶家人同行的話因為得顧及家人，就更加精疲力竭了。然而不知道為什麼，最近我好像不那麼在意人群，可以專心賞花了。但等我達到能對人潮完全視若無睹的境界時，或許我也垂垂老矣，再也不能出門賞花了吧。

二

花朵成千上萬，有些花色很單純，遠遠望去只有一種顏色，而有些花色非常複雜，稍微離遠一點就看不出是什麼顏色，甚至會令人感到眼花撩亂。朱紅色的罌粟和紅山茶花屬於前者，紫色的金魚草和翠蝶花則屬於後者。一般來說，朱紅色、明黃色等暖色系花朵的顏色會比較單調，而藍紫色、紫紅色的花則顯得豐富多變。有一種適合做成花柱的薔薇，叫做「Royal Scarlett」，花色是濃豔的深紅色，稍微離遠一點看，會覺得花團錦簇的胭脂色花海旁，帶有一圈若隱若現的紫色。

人類的色譜大致可分成這兩種色系，至少在藝術領域是如此，某些科學領域似乎也能以這兩種色系來區別。單就物理學而言，德國學派的色彩便很鮮明、純粹，而英國學派的色彩則比較複雜、朦朧。不過這只是一種感覺，很難有更具體的解釋。

## 三

最近我發現一個實例，證明人的性格差異會展現在非常細微的地方。某研究所的走廊上，掛著一排寫有員工姓名的木牌，一面是用黑墨寫的，另一面是用朱墨寫的，上班時就把黑字那面露出來，下班了便翻牌，改成讓紅字那面露出來。這些名牌是用粗糙的白木片做成的，因此除了新人以外，每個人的名牌都被手指汙垢弄得髒兮兮。然而，有些人的名牌只有第一個字上留有黑色指印，有些人則只有第二個字是髒的，還有些人則是下面兩個字都沾滿指垢，上面兩個字卻保持得非常乾淨，有些人則完全沒有汙點。這樣的差異意味著什麼，很難一概而論，不過倒是可以推測，以同樣方式弄髒木牌的人，可能具有某種共通的特質。像這樣用名牌汙漬去判斷人的個性，或許遠比手相更科學，也更有憑有據。

至少我們能知道，留下烏漆墨黑指印的人，對於名牌被弄髒毫不介意。畢竟很少有人會刻意留下髒指痕，期待它每天變得愈來愈髒。

我發現自己的名牌是第一個字正中間很髒，而附近有兩個人跟我一樣，代表他們和我的個性或許很像。我喜歡把名牌掛到底，貼住後面的板子，否則就會渾身不對勁。而要將名牌壓到底，以物理學來說按住上方靠近釘子的地方最有效。當然，我這麼做是下意識的。

另一種區別則是名牌的釘子孔周圍是否傷痕累累，這跟汗漬的沾染方式似乎有關，但我尚未進一步查證。

總而言之，這是個令人驚懼的現象。難怪都說「人不能做虧心事」，畢竟凡走過必留下痕跡。

## 四

我參加了某個家庭的告別式，與親戚們並肩站在棺木旁。剛開始，弔唁人潮絡繹不絕，過了三十分鐘後人龍漸漸稀疏，不久便中斷了。望著人群如潮水湧入，不久卻一個人影也沒有，令人十分感傷。

人群消失後，作古老人的遺孀坐在椅子上休息，她因為忙於照護，身子都累壞了。站在遺孀背後的是她的兩個女兒，她們都早已嫁作人婦，膝下兒女成群。姊妹倆交頭接耳地不知在說些什麼，一面替坐在前方的老母親梳頭，將凌亂的髮髻整理好。

方才因為悲傷、疲憊而憔悴不堪的老母親臉龐，綻放出了前所未見的燦爛笑容。

我看了覺得好羨慕，眼眶忽然一熱，湧出了剛才不曾掉落的淚水。

## 五

為八十三歲逝世的母親辦完喪禮後，我整理母親房間的壁櫥，發現有幾個老舊的圓形餅乾罐疊在一起。好奇如我打開罐子一看，原來裡頭放了各式各樣的碎餅乾，每種口味都有一點。見到這些，我不禁心頭一震，故作堅強的心一下子垮了下來，眼淚無法克制地不停湧現。

## 六

有一間食堂，隔壁是公用電話的轉接台，擺了許多一模一樣的圓筒形設備，整整齊齊地列了好幾排。我一邊用餐一邊漫不經心地觀察，發現設備上的迷你小燈泡會時明時滅，例如燈亮後啪啪啪地閃爍幾下，然後突然熄滅。在一個完全不懂機械設備的外行人眼中，迷你燈泡的閃爍不僅令人摸不著頭緒，甚至只像偶然的接觸不良。然而，在那些機械背後，卻有形形色色的人在進行各式各樣的洽談。所有的思想與情感都交錯成複雜的電流，匯集在這個轉接台裡。

「科學家的工作就是記錄現象」，人們經常誤會這句話的含意，忽略了去深究現象背後的成因。倘若不自我提醒，難保不會只將電話轉接台的迷你燈泡閃爍現象寫在筆記本上便洋洋得意，萬一變成那樣可就糟了。

## 七

我去看了《唐吉訶德》的電影。有一幕是一群村民認為唐吉訶德那些不著邊際的妄想源自於他的藏書，決定將滿屋子的書搬出去，放把火燒了。演到這一幕時，坐在我前面的小男孩大概是想起前陣子端午節的大掃除，忽然大喊：「啊，他們在大掃除。」惹得暗濛濛的影廳內笑聲此起彼落。

孩子會用孩子的角度看世界，大人也會依自己的想法詮釋所見所聞。我自己在看這部電影的時候，總是忍不住對號入座。不自量力如我，妄想鑽研艱深的學問，就如同唐吉訶德自以為是騎士而出門冒險，把雞毛蒜皮的問題、孱弱的綿羊當成怪物殺死，最後與風車對戰卻被吊到半空中……這不正是我的寫照嗎？

但我也有另一番體悟。要說這部電影中誰最幸福，那肯定是受盡眾人譏笑、嘲弄，到死卻始終沒有拋下騎士夢想的唐吉訶德，以及對這位草包主子的夢想深信不疑、忠心不二的隨從桑丘了。沒有人比這對主僕更加幸福。

透過電影倒帶，付之一炬的藏書如鳳凰浴火般重生了。蜷縮、焦黑的紙一張張舒展開來，恢復成被燒毀前的面貌。片中悠悠傳來飾演唐吉訶德的俄國演唱家查理亞平，那悲傷優美的男低音歌聲。

許多名留青史的英雄、學者，靈魂裡都有一定比例的唐吉訶德。如今在我們眼前發光發亮的人，或許就有一兩位是名副其實的唐吉訶德。晴朗無雨的六月天，在河渠薰風下的吹佛下，我若有所思，步出了帝國劇場的大門。

## 八

有一位知名小說家寫過這樣一句話：「隨筆人人能寫，小說卻不然。」我完全同意他的說法。隨筆只須將真實的東西記錄下來，小說卻得虛構，還得讓人覺得煞有其事。當然，記錄真相一點也不容易，只不過相較於寫出以假亂真的東西，實在簡單太多了。唯有擁有超人般的聰明才智，才能寫出虛構的故事卻又不令人質疑真實性。

說是記錄真相，其實寫下主觀心得也算是一種隨筆。即使客觀上有謬誤，讀者大多也會對作者的觀點產生興趣。然而，隨筆的本質畢竟是提供客觀事實、讓人吸收新知的讀物，若只要記錄主觀心得，這層功能就會被削弱許多。從這個角度來看，或許隨筆也不是人人都能寫的。

這名小說家當然也深知這個道理，只是用了比較不同的方式來表達。然而，近來卻有許多不求甚解的讀者，弄錯作者想傳達的意思，誤以為小說便是高尚，而隨筆是低俗的，這件事令我深感興趣。報章雜誌中經常可見作者透過修辭，引導讀者做出跟字面上不同的解釋，這是一種非常高明的寫作手法。

無論如何，科學家能寫隨筆，卻未必能寫好小說。

從前在某個國家，有一位天文學的學生因為偷懶，偽造了星象觀測簿交差，結果一眼就被老師看穿，痛罵了一頓。事實上，偽造一晚幾可亂真的觀測簿所必須付出的勞力，可比乖乖觀測十晚、百晚還要驚人呢。

# 病房裡的花

寺田寅彥（てらだ とらひこ，1878 — 1935）

每一朵花都很美麗，但像這樣以人為方式種在一起總感覺不太自然。不過，整體來說這是一盆非常華麗熱鬧的花，失眠的夜晚有它陪伴著我，讓漫漫長夜感覺縮短許多。

發病前的四、五天，我去三越時順道買了一個秋海棠小盆栽。我把它放在書房的桌子上，擺在書架旁，每晚在燈光下觀賞它，想著如果有時間的話，我還要用它寫生。但這個計畫來不及實施，我就住院了。

入院那天，妻子準備了各式各樣的畫具，連秋海棠小盆栽也一起帶來了，放在病床旁邊的大理石藥架上。病房被灰色牆壁和純白窗簾團團包圍，只有暗紅色漆櫃和在床頭發亮的黃銅金屬配件為病房增添了一點色彩。然而，這個陰鬱、寒冷的病房卻突然間熱鬧、溫暖了起來。躺在床上，望著彷彿以寶石打造的深紅色花苞，以及天鵝絨般光澤亮麗的翠綠色葉片，雙雙映襯在灰色牆上，令我目眩神迷。

我常常在想，為何再精雕細琢的人造花，與自然花相比仍顯得粗糙不堪？我曾在美國的一間博物館看過由著名工藝家創作的玻璃花，可是與自然花相比，它不僅乏味，甚至令人有些厭惡。這種差異究竟源於何處呢？如果把有關色彩、型態的一切抽象概念和語言當作比較的標準，那麼人造花和真實花朵在外觀上的區別就會非常困難且不得要領。可能有人會說：「一邊是死的，另一邊是有生命的。」但這不過是把同樣的問題抽換詞面而已。照這樣講，豈不是得透過顯微鏡檢查，才能明確地區分兩邊的不同嗎？看看其中一邊是不是不規則且單純的乾燥纖維集合體，或是不規則且凹凹凸凸的非晶體，再看看另一邊是不是複雜但有規律的有機細胞組織？若不是美麗的事物和相似卻不美的事物之間，擁有人類感官所探測不到的細微差異，那就是人類潛意識中隱藏的自我，決定了這件事物美或不美吧。我思考著這個問題，凝視小盆栽裡的秋海棠，覺得彷彿連自己孱弱的肉眼，都看到了每顆花瓣細胞中散發的生命光芒。

住院第二天，A兄帶了一束油菜花來探望我，這裡沒有合適的花瓶，只好暫時擺在金屬臉盆裡。或許是溫室花的緣故，這束油菜花的香氣並不濃郁，很難讓人聯想到總是與油菜花田一同出現的雲雀歌聲。不久後，妻子從家裡帶了一個花瓶來，將油菜花插進去，擺在病房角落的洗手台上。同一天，我的侄子N也帶了一盆西洋蘭花來探望我。磚紅色的小盆栽裡有著茂密的水苔，幾片像青竹匙一樣厚重、寬大的葉子左右對稱伸展，中間佇立著一株微微垂首的蘭花。這株蘭花綠色佔了大部分，只有花冠帶有鮮豔的紫色刷紋，就世俗的審美觀來看並不漂亮，卻散發著極為高雅的沉靜之美。把它和嬌俏可愛、宛如童話故事公主的秋海棠放在一起時，它就像是一位年輕俊美卻憂鬱寡言的貴公子。花冠下半部垂著袋狀花瓣，上面蓋著另一片花瓣，我原本以為這個像蓋子的花瓣遲早會翹起來，讓袋子敞開，但袋子始終沒有打開。

不久後，T先生夫婦又帶了一個更大的秋海棠盆栽來。跟之前從家裡帶來的那一盆比起來，這個盆栽大了好幾倍。大秋海棠一來，小秋海棠頓時相形見拙。大概是家裡那盆小秋海棠的花色也有點黯淡了，一比之下，大秋海棠才真正是豔麗無雙，美得教人目眩神迷。舊的小秋海棠被挪到病房角落的洗手台上，新的大秋海棠則放在床邊，好讓我一遍又一遍欣賞它。奇妙的是，那株清幽的蘭花一點也不比大秋海棠遜色，反而顯得更獨樹一格。我捨不得扔掉舊的小秋海棠，仍時不時轉頭看看那洗手台上花葉都日漸褪色的可憐盆栽。孤伶伶的花瓶裡的油菜花，也總是勾起我淡淡的哀愁。

後來換I兄送了仙客來和聖誕紅給我。我曾在花店見過聖誕紅，但當時並不知道它的名字，這次看了盆栽上貼的標籤才知曉。我將它擺在藥架上，仔細觀賞，發現那火焰似的朱紅色樹冠很像雁來紅，濃烈的色澤一直令人聯想到熱帶。比起花，我覺得那更像是鳥類羽毛的顏色。端詳頂端，會發現那裡長著一叢黃黃的小花，這些小花非常低調，低調到幾乎看不到。大自然裡的植物為何總會有這麼不起眼的生殖器，反倒讓葉子等呼吸器官變得如此顯眼呢？或許植物學家和進化論者可以講出一番學說，但無論如何，我還是覺得很不可思議。我想像著植物叢生的熱帶雨林，腦海中浮現了前陣子去新加坡旅遊的回憶。馬車穿梭在椰林裡，沿著紅土大道奔馳，當時無以名狀的心情如今清晰地浮現在心頭，只不過細節像夢一樣模糊、斑斕，宛如印在綠色及褐色布料上的花紋。即使如此，對於躺在這張冰冷病床上的我而言，想像著熾烈的陽光和充滿生命力的南國天地，仍是一種至高無上的安慰。

仙客來似乎有些發育不良，花朵看起來沒什麼精神，葉子也有點捲曲，邊緣還變成了褐色。這盆花讓我莫名想起了在柏林的日子，那時我想送花給住在阿卡琴街（Akazien）的語言學老師慶生，便跑到使徒保羅教堂（Apostel-Paulus-Kirche）前的一間小花店挑選，最後買了仙客來盆栽。店員幫我用看似日本進口的粉紅皺紋紙包裝好後，我便立刻送去附近的老師家中。當時老師告訴我這種花叫做阿爾卑斯堇，大概是因為這樣，我總覺得這個名字比仙客來更適合它。我不知道那位女老師現在怎麼樣了，她以前只收日本留學生當門徒，但隨著二戰爆發，留學生全都回國了，柏林市民對日本人的反感也日漸加劇，不知她是否因此遭遇過麻煩？她之後又是如何維生的呢？至今我仍三不五時會想起她。老師剛結婚沒多久，從醫的丈夫就去世了，從此和退役軍人的父親以及丈夫留下的十四歲女兒希德嘉爾特相依為命。我不太清楚老師家的狀況，但她似乎與父親處得並不好。某天我們幾個學生帶著希德嘉爾特一起去路易莎劇院（Luisen-Theater）看童話劇《白雪公主》，大部分的觀眾都是小朋友，令我們這些外國大朋友有些不自在。飾演皇后的演員是一名非常胖的女人，她用美妙的歌喉唱出了「魔鏡啊魔鏡」。兩三天後，我得知當天晚上老師因為腹部嚴重痙攣而飽受折騰，還留下了明顯的黑眼圈。不知為何，我總覺老師會大病一場，責任都在我們身上，從此我再也沒去看過童話劇場。

五歲的雪子跟著姊姊到醫院探望我。剛開始她還會乖乖地看護士的臉色，保持安靜，後來愈來愈調皮，甚至爬到我的床上來。她望著我床邊的花盆，發現了藏在葉子底下的木牌，將片假名寫的花名一字一字大聲朗讀了出來。聽到她怪腔怪調的，大家都笑了。原來她最近學會了片假名，只要看到片假名就會忍不住念出來。從那之後，她每次來都會坐在床邊，不停地念那些花名。這讓我重新思考了「文字」的奧妙，以及人類知識的未來。

我一直很想知道聖誕紅的英文怎麼拼，直到我偶然從丸善書店訂購了《現代美術》一書，看到裡面有一幅由英國畫家羅傑 艾略特所繪製的聖誕紅水彩畫，才終於知道怎麼拼寫。畫下面的解說寫著：「這幅畫堪稱獨一無二的典範，將鮮花原原本本、毫雜亂無成見地描繪下來，是近代畫的翹楚。」畫中的背景是一面牆，牆上掛著破布，雜亂地貼著皺紙張，平凡無奇的牛奶瓶裡隨興地插著兩株聖誕紅，整體看起來是很不錯，但與放在我床邊的本尊相比，葉子的排列順序似乎怪怪的。從植物學家的角度來看，這幅畫肯定畫錯了，但是撰寫該解說的藝術評論家卻像上述一樣讚譽有加。他的評論看似誇大，但仔細一想，確實有幾分道理。

護士每天早上都把這些盆栽帶到戶外澆水，每當她經過走廊，總會有人驚訝地讚嘆「好漂亮的花啊」。相較於朝氣蓬勃的秋海棠和蘭花，聖誕紅則愈來愈虛弱，沿著直挺挺的莖等距生長的翠綠葉片，也逐漸變成了黃綠色。我擔心是澆水過多，特地叮囑了護士和妻子，但我畢竟不是園藝專家，也只能任由它自己生長。不久，聖誕紅的葉子便失去光澤、變成黃色，從底部一片片開始凋零。剩下的葉子也變得極為脆弱，稍微碰一下便掉下來。這些曾經生意盎然、從枝幹上冒出來的強韌葉片，如今居然連一丁點壓力都無法承受，說枯萎就枯萎了，令人感到十分詫異，但我也只能看著它們從底下開始，依序逐漸凋零。

S兄又送來了一盆秋海棠，跟T兄送的一樣大。但與之前的相比，這盆的花朵和葉子的色澤都略顯蒼白，有種淡淡的哀愁，反之卻也洋溢著一股清新的野花風情。想不到同一種花，會因為種植方法和環境不同而產生如此差異。我不禁思考著，土壤性質、肥料與水源、光線及溫度的變化，居然令花也有貴族與平民之分，幸虧花的貴族和平民不會抗議，才能相安無事。

接著，換O君送來了一個大型淺盆栽，裡面種植了各式各樣的花卉。正中央一樣是秋海棠，四周如綠色薄紗般綿延的是蘆筍葉，下面藏著火焰似的天竺葵，底部則有好幾朵有平糖[1]似的蟹爪蘭垂掛在盆栽邊緣。每一朵花都很美麗，但像這樣以人為方式種在一起總感覺不太自然。不過，整體來說這是一盆非常華麗熱鬧的花，

---

**譯註1**　用砂糖與少量麥芽糖熬煮、上色、塑形而成的日本傳統糖果。

失眠的夜晚有它陪伴著我，讓漫漫長夜感覺縮短許多。失眠時我腦袋轉個不停，想起了得知N老師病重後，我趕去探望他的事。當時，我特別到江戶川大曲的花店買了一盆秋海棠，小心翼翼地用紙張包住花盆，帶在身上，一路徒步至早稻田。當天我的胃已經很不舒服，脹氣極為嚴重，後來才明白那時我的胃已經慢慢開始出血。但我當時並不知道，還堅持走路過去只為了節省一點點車資。老師病重，任何人都不見，但師母將我送去的花放到了病床旁。後來師母走出病房，告訴我：「他說很漂亮。」一如今想來，那便是我從老師那裡聽到的最後一句話，即使只是轉述。老師因為這場病撒手人寰，現在的我則跟老師得了同樣的病住院了，幸運的是，這次應該不會有生命危險。在同樣的季節罹患同一種病，一樣望著床邊的秋海棠……或許這只是單純的巧合，但是仔細想想，其中卻彷彿有種必然的因果關係。很多事物乍看偶然，實則不然。老師和學生之間若有共通點，即使那只是精神上的，也難保不會對身體造成類似的影響。相反的，當共同點在身體上時，也會影響精神，促使兩個陌生人結成師徒緣分。若果真如此，老師和學生患上同樣疾病的機率，便可能素昧平生的人還要高。而一旦患上同樣的疾病，當然也可能在相同的時間點惡化。想著想著，我便愈覺得這個理論是對的。

出院時，蘭花已經枯萎到只剩葉子，聖誕紅也只有頂端的紅葉像鳥羽一樣殘留下來，仙客來也大多凋零了，但三盆秋海棠儘管褪色，卻依然開著花。我打算連同出院的行李，把所有盆栽都放到推車上一起帶回家，但當天不巧下雨了，推車沒有遮雨棚，只好請人力車運送行李。我決定留下所有盆栽，儘管覺得很不好意思，但還是拜託護士代為處理，看到她笑瞇瞇地答應，我便放心了。不過O兄送的什錦盆栽花色仍然鮮豔，妻子說扔掉太可惜了，便將它放在膝蓋上載回家。那盆花在客廳擺了一陣子，後來挪到院子裡的盆栽架上，每晚風吹雨淋。如今，秋海棠已經完全枯萎，莖就像折斷的杉木筷子，蟹爪蘭的花朵和葉片也變得蒼白無力，癱在盆栽上，唯獨蘆筍那薄紗般的葉子仍保持部分翠綠，沒有倒下。

住院三個星期，身旁的人事物和我自己都產生了許多變化。我讀了很多書，思考了很多事情。好多人來看我，在我心中投下光亮，卻也形成陰影。但我並不打算針對這點多說什麼。像現在這樣，只寫寫讓病房變得生意盎然的植物，令我有種整個住院生活都在拈花惹草的錯覺。這些無聊瑣碎的記錄對別人來說可能不值一提，但對我而言卻像寶貴的人生總目錄，令我畢生難忘。

# 胡枝子

久保田萬太郎（くぼた まんたろう，1889 — 1963）

---

自那以後，每天早上我一起床就會飛奔到庭院裡，晚上下班回家後，等不及脫掉大衣，便站在簷廊上觀察它。胡枝子也不負眾望，日漸茁壯。

四月初的時候，百花園的佐原平兵衛兄寄來了明信片，說要給我之前講好的胡枝子根，歡迎我隨時去取，還邀我順道參觀百花園。但我實在分身乏術，便把明信片扔在一旁，遲遲沒有回覆。

四月中旬，田圃兄，也就是澤村源之助兄去世了。我們很少有機會見面，交情卻長達十四、五年，每次相見，他總是會告訴我一些有趣的故事，於是我參加了他的告別式。田圃兄的告別式簡單而平靜，沒什麼誇張的排場……沒記錯的話，當天陰雨綿綿，也許是天色使然，更讓人覺得心如止水……總之，那是一個安享晚年的老者應有的告別式……春天已經邁入尾聲，花兒謝了一地，更激起人們心中的緬懷之情。

頭七的時候，我受邀參加了在東京會館舉行的追思會。追思會上，田圃兄的家屬公布了他的掌上明珠與木村錦花兄公子的婚事。如此一來，田圃兄便能安心前往極樂世界了吧。我的胸口一陣酸澀……主桌上的白色鳶尾花安靜地垂著花瓣，承受著悲傷與喜悅。

大家無聲地喝著咖啡，逐一默默離席。

我和小村雪岱兄一同走下東京會館的樓梯。

「你接下來要去哪？」

小村兄問。

「去銀座走走。」

我答道，朝著銀座一路漫步過去。當時是下午，天空布滿烏雲，我看了看手錶，時間還不到兩點。

「想不到能在這個時間、這種地方那麼悠哉地散步。」

小村兄感慨地說。他的工作是為報紙連載繪製兩到三張插圖，通常得忙到晚上九點或十點，才能有自己的時間……

「我也深有同感……」

我回答道。「這個時間在這裡溜達，對我來說好像做夢一樣。」

「你也這麼忙嗎？」

小村兄難以置信地看著我的臉。

「倒也不是多忙，而是自律慣了……就像你被工作綁住一樣，我每天也有應盡的義務……就算我想偷懶，哪段時間該完成什麼，還是得完成。」

「自律也不簡單啊……」

「我曾經是個野孩子……也不知道是不是因為這樣，長大後反而想約束自己。」

大約四、五年前，或者更久以前，新派劇場的伊志井寬當時正在大阪的某個老劇團表演，三宅周太郎兄看不下去，便在雜誌上發表了一篇短文，最後以「尊夫人病重，速歸」的電報文結尾。我對這段文字印象極深，「尊夫人病重，速歸」……儘管我倆的情況並不一樣，但我多希望當時也有人如此提醒我。

抵達銀座後，我們在小村兄推薦的店裡休息……小村兄對銀座的店家可謂如數家珍。與即將返回工作崗位的小村兄道別後，我坐上了計程車。

「去向島。」

和小村兄聊過以後，我想擇日不如撞日，否則真不知哪時才有空，便穿著晨禮服，直接驅車前往百花園。

佐原平兵衛兄待客非常周到，他一見到我便熱情打招呼：「終於等到你大駕光臨啦！」接著立刻吩咐園丁挖了三顆大胡枝子根，他自己則搬來一個橘子紙箱，和園丁一起把胡枝子根放進去，並用粗草繩牢牢捆好，方便我提著走。

枉費他特地幫我捆好，但我實在提不動，畢竟它太重了，體積又龐大……我叫了一輛車，像搬公文一樣把它堆進車廂裡，直接把它載回家……早知如此，還是別穿晨禮服來得好。

回家時，家裡已經燈火通明了。月色下，我請女傭幫忙，把那些根一一種進庭院的泥土裡。源之助兄一直惦念著要種胡枝子，那就借我之口來完成他的心願吧。

半個月後，那些烏漆墨黑的根紛紛冒出了嫩綠色的新芽。

「哇！發芽了！」

某天早上我見到這一幕，驚喜地叫道。

「長得真好啊！」

舍妹也走出簷廊。

「長得真好！」

我回答時，女傭正好拿著掃帚來到庭院，我趕緊吩咐她：

「別忘了幫它澆水……還有施肥……」

「聽說不要施肥比較好。」

「為什麼？」

「前一陣子，園藝師是這樣叮嚀我的。」

「那好吧，就交給妳了……好好照顧它。」

自那以後，每天早上我一起床就會飛奔到庭院裡，晚上下班回家後，等不及脫掉大衣，便站在簷廊上觀察它。胡枝子也不負眾望，日漸茁壯。又過了半個月，它已經長成一棵枝繁葉茂的小樹，個頭都比澆水女傭的肩膀還高了……嫩綠色的樹影隨風搖曳，「夏天」的氣息撲面而來。

「確定要修剪嗎？那樣它好可憐……」

「真的要剪嗎？」

女傭瞪大了眼睛。

「進入梅雨季前，必須把抽高的枝葉剪掉，修成一尺左右……否則秋天時花朵會開不好。」

「為什麼？」

女傭難以置信地問道。

五月底到六月的時候，我突然忙得焦頭爛額……身旁的人相繼去世，教人不敢置信，今天是告別式，明天還是告別式，每天都穿著晨禮服處理後事。當時也有一些親近的友人離開，我卻只能匆匆別過……像是南部修太郎兄、鈴木三重吉兄、內山理三兄，這麼多人一一辭別，代表我也老了，已經沒剩多少時間能蹉跎……我這樣告訴自己。

這段期間，胡枝子已經被理成了一尺高的小平頭，不久便進入梅雨季，每天陰雨綿綿。

「真的不要緊嗎？……它會繼續長高吧？」

舍妹很擔心。

「會啊，會繼續長高的。」

我這樣安慰妹妹，但看到那淋成落湯雞的可憐小平頭，也不禁擔心自己是不是做錯了，深怕它就此枯萎。這件事令我惴惴不安。

但事實證明，是我想太多了。不久後，胡枝子便抽高了，而且這次冒出來的枝葉比之前更漂亮、柔韌。梅雨季過後，七月陽光普照，胡枝子枝葉的細碎陰影，清晰地映照在屋簷竹簾的下緣……約莫那時候，神社森林裡也開始聽得到朦朧、寂寥的蟬鳴聲。

在唧唧蟬鳴中，盂蘭盆節到了。今年是妻子的初盆[1]，以前家裡並沒有佛壇，歷代祖先位牌一直由我父母保管……這次藉著迎初盆，我便買了一個佛壇，將我的房間整理出一個角落，擺在那裡。我還在百貨公司的家具賣場，買了一個用胡粉[2]畫上芒草的白色燈籠，我把它掛在房間的窗口，每晚點亮。照理說我應該買素色的燈籠，卻故意選了有圖案的款式，畢竟純素實在太過單調了。

後來，親戚朋友送了我幾個更漂亮的燈籠。我不曉得初盆有這種習俗，還因此吃了一驚。我立刻將它們掛在客廳，一字排開，每個燈籠上都畫有美麗的圖案，例如菖

譯註1　做完四十九天法事後，迎接的第一個盂蘭盆節。
譯註2　用貝殼研磨而成的白色日本畫顏料。

蒲、桔梗、女郎花等秋草……其中一個是由亡妻親戚所送的四方形小燈籠，那座燈籠很清雅，垂著潔白的穗。我在佛壇上鋪了菰草，供上蓮花，將這座燈籠掛在一旁。

第十三天到了，這是亡魂返鄉的日子，為了點燃迎火，我比平常早下班。舍妹端著火盆和麻稈來到門口，女傭將大門敞開……突然間，夕陽從門外照進來，那時從早上就下不停的雨剛停，夕陽非常燦爛……原本絡繹不絕的行人，此時正好一個人也沒有。

迎火點燃了。

「媽媽要回家了……」

我告訴孩子：「房間要是太亂，媽媽可能會不高興哦。」

「嗯。」

孩子瞇起眼睛，落寞地笑了。

迎火熄滅了。

我走進屋裡……家裡亮著燈。不知怎麼的，我突然覺得很安心。

家中人丁稀薄，除了我之外，只有孩子、舍妹，一老一少兩位女傭。點燃迎火時，家裡相當冷清，直到十五日那晚焚燒送火時，由於稀客來訪，氣氛才熱絡起來。來的是真船豐、大江良太郎這兩位仁兄，我們早就約好了要敘舊，他們便提早在傍晚過來，還帶了毛豆、番茄、豆皮卷、拌芋頭、炸茄子等盂蘭盆節的齋菜。我們三人圍著餐桌，喝著啤酒，想不到連永井龍男兄都因為亡妻初盆，下班後特地繞過來探望我……我們夫妻倆在永井兄的婚禮上曾經擔任過媒人，但自那以後便完全沒聯絡……永井兄卻始終顧念著當年的情誼，這人情要是沒還，我可無法安心啊……

當然，永井兄也加入了喝啤酒的行列，大夥把酒言歡。之前提到的那一排掛在客廳的燈籠，裡面的燭火害我們熱得不得了，我便將竹簾捲起來。傍晚的天色還算亮，方才潑過水的庭院尚未乾透，別有一番風情。

不久，門鈴又響了。

「伊志井先生來了。」女傭喊道……原來是伊志井寬從劇場趕過來了。他的笑聲頓時讓餐桌熱鬧了兩倍……他就是一個這麼陽光開朗的人，但凡事都有一體兩面，今年也是他妻子的初盆……為了夫人，他可是拚了命也再所不惜……因此，他如今在人前那麼開朗，可能也只是在強顏歡笑吧。

送火已經準備好了，隨時可以點燃。我們起身走到玄關，來到泥地上，步出大門，團團圍住火盆……送火熊熊燃燒。

盂蘭盆節過後，天氣愈來愈炎熱……胡枝子似乎不耐旱，一天比一天無精打采。

「怎麼了？……胡枝子是不是要枯了？」

孩子問道。

「不……百花園的胡枝子一定跟我們家的情況一樣，要等到九月才會茂密起來。」

我說得斬釘截鐵。然而十天後，我去淺草時順道跑了一趟百花園，發現那裡的胡枝子已經長到了我家胡枝子的五、六倍高。此外，紅秋葵、女郎花、男郎花等秋草也早就開花了。

佐原平兵衛兄恰好不在。

結論是，我家的胡枝子並不適應我家庭院的土壤……就跟我一樣，無法適應現在的生活……天天以淚洗面……

◎作者簡介

## 久保田萬太郎・くぼた まんたろう

一八八九—一九六三

俳句詩人、小說家、劇作家。一八八九年出生於日本東京淺草，俳句別號暮雨、傘雨，筆名千野菊次郎。慶應義塾大學文科畢業。一九一一年在學期間發表小說〈朝顏〉於永井荷風創刊的《三田文學》，同年劇作〈序幕〉獲選刊登於《太陽》雜誌，躋身「三田派」新進作家之列。一九一七年發表〈末枯〉奠定文壇地位，並以劇作〈大寺學校〉為契機接觸新派劇壇，開啟文壇與劇壇兩棲的創作生涯。除發表新作外，亦積極將谷崎潤一郎、泉鏡花、樋口一葉等知名作家小說改編為劇本上演。戰後曾以日本演劇界代表身分前往中國考察，一九五七年獲頒日本文化勳章。作品善於運用傳統江戶語言，描寫東京下町庶民在時代浪潮衝擊下的人情世故與懷舊哀愁，代表作有小說〈末枯〉、〈春泥〉，劇作〈雨空〉、〈大寺學校〉等。

# 女子與花

上村松園（うえむら しょうえん，1875 — 1949）

京都有個名叫「花寺保勝會」的機構，會費一年只收兩日圓。只要繳交會費，花季時就會受邀到花寺一日遊，可以盡情地賞花、用餐、喝茶，自在地休憩。

我正在還稿債，慢慢完成積欠的畫作，可惜進度不太理想。這幅畫將在五月一日起由京都市主辦的綜合展覽上亮相，我已多年沒參加帝國美術展覽會，雖然不至於愧疚，但也覺得應該好好畫點什麼，便決定在二尺八寸寬的橫幅上，描繪明治十二年以來，風靡了四、五年的女子時尚。

年幼的我對當時的流行略有印象，如今回想起來還很懷念。

我畫的是半身像，畫中女子年約二十七、八歲到三十歲，已嫁作人婦。她剃掉眉毛，身穿淡藍色與白色的京都和服，撐著傘獨自佇立。

家母喜愛編髮，有時還會請美髮師到家裡。我從小耳濡目染，也喜歡編髮，總會坐在一旁看美髮師大展手藝。那個時代的女子和現在不一樣，髮型相當豐富，不同階級和年齡還會留不同髮型。舉凡閨女、商賈之妻、新娘、人婦、女傭、奶娘……髮型各不相同。有夫之婦必須剃掉眉毛，塗上青黛，淡藍的眉色將皮膚襯得白皙透亮，十分迷人。

即使是女傭，視長度也可以編得非常優雅。京都和大阪的女傭就算髮長一樣，髮型也稍有不同，髮帶的造型也不一。我記得京都女傭會用黑綢帶將長髮斜斜地綁牢，而大阪女傭則會垂著兩縷鬢髮。

當時不僅年輕人流行用髮帶，長輩也很愛用。髮帶款式多變，也有銀灰色。印象中不少女子妝髮都很獨樹一格。

其實不只帝國美術展覽會，大部分畫展上的仕女圖都是現代風。但我希望自己的畫作無關流行，最好還能帶有懷舊氛圍，便將主題定為用青黛畫眉的少婦。

新事物開始流行，舊事物便會逐漸淘汰。不僅在繪畫界，整個世道皆是如此，過時的東西只會慢慢消失，因此更要去保護它們。這麼做並不是要反抗新時代，也不是義憤填膺，而是一種自我保護的心理。

對於我前面所寫的女子風情，年輕人想必是興趣缺缺，甚至不屑一顧，所以只能靠我們來傳承。其實年輕人也未必那麼排斥傳統，只是因為他們不曾經歷過那樣的時代，以致於接觸了也不得要領，很難產生共鳴。而我的生命大半都浸潤在明治初期到中期的氛圍裡，對於舊時代的事物當然有很深的感情與體悟。

這也是為什麼我想把握機會，將我所知道的明治女子描繪在畫紙上的原因。

京都的花景愈來愈俗不可耐了，去哪裡都一樣。例如嵐山和圓山，美則美矣，可惜人潮洶湧、過於嘈雜，很難讓人靜下心來賞花。

京都有個名叫「花寺保勝會」的機構，會費一年只收兩日圓。只要繳交會費，花季時就會受邀到花寺一日遊，可以盡情地賞花、用餐、喝茶，自在地休憩。

花寺名聞遐邇，但因為交通不便而人煙稀少。那裡的花景十分優美，寺內靜謐非常，沒有一絲一毫的喧囂，可以怡然自得地玩上大半天，這才是真正的賞花之旅。

花寺歷史悠久，與西行法師頗有淵源。雖然可從鎮上搭公車前往，但公車只會停靠在寺前約兩公里處，對於懶得徒步的人而言可能有點遠，但若是不介意走路，倒是樂趣無窮。

沿途有春光明媚、清新的紅土樹林，有五、六間農舍，有茶花、連翹、木蓮等繁花，還有田園、小溪，偶爾也會碰到居民，是個非常悠閒的好去處。

如果喜歡這樣的景致，路上一定不會感到無聊，反倒會興趣盎然。沿路欣賞形形色色的風景，很快就會抵達大原野神社。這座神社同樣古樸、幽靜，附近還有零零星星的櫻花。這裡的山櫻美得清新脫俗，並未染上都市人一身的晦氣與風塵，教人賞心悅目。

花寺就建在大原野神社的腹地旁，寺前有一道緩坡，爬坡時會看見櫻花從兩側的松樹、雜木裡伸出來，在頭頂盛開，實在美不勝收。

穿過寺院大門直直往裡面走，會看見鐘樓，那裡有一棵非常漂亮的枝垂櫻，若再加上一名僧侶從對面悠悠走來，此情此景真是再清幽不過了。

花寺後面有一座山，名為「小塩山」，也就是歌謠中的「小塩」。根據歌詞描述，

「花寺」之名源於古代某位僧侶到寺院研究花草，在寺裡遇見了花精，此外當然也有各式各樣的說法。花寺確實古意盎然，也難怪會有這些由來與傳說。在花寺即便遇見歌謠中的僧侶也不奇怪，畢竟這裡真的是世外桃源。

花寺距離京都有千里之遙，十分偏僻，一般人鮮少來訪。就算有觀光客，頂多五人或十人，村裡也只有寥寥三、五位居民和兩、三張長凳，非常靜謐。

兩三天前我才剛去過那裡，多虧如此，今年我總算是嚐到賞花真正的滋味了。

◎作者簡介

## 上村松園・うえむら しょうえん

一八七五—一九四九

女流日本畫畫家。本名上村津禰，出生於京都，老家於四條通經營一間茶葉舖。自幼展現繪畫天份，聞名於街坊巷尾、騷人墨客之間。一八八七年進入京都府繪畫學校就讀，先後師事四条派畫師鈴木松年、竹內棲鳳，十五歲以《四季美人圖》獲頒內國勸業博覽會獎狀，之後於日本美術協會、日本青年繪畫共進會、京都新古美術展覽會等展覽會上，展出獨具個人特色的美人畫而連年獲獎，並逐步建構起自己女流畫家的名聲。畫風深受京都傳統文化影響，善於描繪高雅如珠玉般澄澈的美人圖，經常以對母親的思慕，和謠曲為題材進行創作，為近代美人畫的完成者之一。一九四八年獲頒日本文化勳章，成為首位獲文化勳章的女性。

# 輯二

## 風吹草動的沙沙聲

# 除草

德冨蘆花（とくと みろか，1868 — 1927）

農民則不然，他們深知除草過度將耗盡地力，因此會把割下的草埋回土裡，或者曝曬後燒成灰，堆著腐爛充當肥料。

一

六、七、八、九月是農民與雜草大戰的季節。上天有好生之德，孕育天地萬物，強韌的生命因此愈發茁壯，若不及時清除雜草，弱勢的五穀雜糧及蔬菜就會遭到野草侵襲。正如二宮尊德所言：「蒼天生萬物，治理在人為」，人類和雜草的戰爭於焉展開。

不論老人、小孩甚至是病患，凡是雙手健全者都恨不得放一把火，將田地裡來勢洶洶的雜草燒個精光。大夥沒時間煮飯，頂多吃餅充飢，茶也只能匆匆飲下。大自然一旦開戰，就不會讓人類有半刻歇息的時光。

農民們嚷嚷著：「雜草攻過來了！」雜草已舉兵來犯，人類必須擊退雜草。凡是擁有一兩塊田的老百姓，都會在夏秋之際遭受雜草的猛烈攻擊。清晨起床還來不及洗臉就得去除草，夕陽西下時也要除草。如果除不乾淨，白天還得繼續。以為大功告成了，另一頭又長出來了。如果沒有雜草和蟲子，夏天的田園該多麼美好？可惜一切只是癡人說夢。生這麼多雜草到底要做什麼呢？為何人類非得當除草機不可？其實除草是一件吃力不討好的事，放任雜草與農作物競爭，倒也不至於讓作物全軍覆沒，我們大可安分點，收割剩下的作物就好。可是眼見雜草猖獗，實在是不除不快，何況若隔壁的田是良田，也不好讓自己的田長滿雜草，害雜草種子飛過去，那樣未免太對不起鄰居了。

事到如今只能發憤除草，一根接著一根，除一根是一根。雜草的種子再多，只要願意去除，草自然會減少。我們手中除著農田的草，心裡除著心田的草。心即為田，田即為心，而草總在不知不覺間冒出來，一旦鬆懈，田地就會遍布雜草，我們的心也會被雜草淹沒，社會將陷入荒煙漫草之中。世上的雜草無法連根拔除，將雜草除盡對人類而言也未必就是好事。草只要任其生長，就會淹沒我們，所以得除草——為自己除草，為生命除草。無敵國外患者，國恆亡；同樣的道理，少了雜草，農民也會懈怠。

「若汝背棄我所言而偷嘗禁果，農田就會生滿荊棘與蒺藜，使汝費盡辛勞才能飽餐一頓。」

舊約聖經把雜草視為上帝對人類的懲罰，其實，這種懲罰無非是對子孫最深的祝福。

## 二

一般百姓為了整地，總會不遺餘力地除草，力求每一根都除乾淨。農民則不然，他們深知除草過度將耗盡地力，因此會把割下的草埋回土裡，或者曝曬後燒成灰，堆著腐爛充當肥料。伏首之敵即為盟友，有道是「落櫻化春泥，年年更護花」，凋零的花朵會成為滋養母樹的肥料，煩人的雜草枯萎後也會變成泥土的養分。水至清則無魚，寸草不生的田地固然賞心悅目，但也可能淪為貧瘠的荒土。因此要謹記不良少年是可以教化的，不該扼殺他們，奪去其生存的本能，畢竟誰人心中不存有一些雜草的種子呢？

田裡有各式各樣的草。有種草輕輕一擰就能拔下來，會散發怡人的香氣；有種草叫做「鹹草」，莖矮矮的，顏色紅通通的，看似頑強又惱人，其實根部甚淺，一下子就能拔除；還有一種罕見的無名草，無葉亦無花，根卻能在黑暗的地底蔓延一丈甚至兩丈長，對農作物危害極大。最可惡的就是馬唐草了，它會開菊花似的可愛單瓣小黃花，繁殖力驚人，其根雖細如絲線、一扯就斷，但只要在土裡留有一小截，不出十日就會長成一大片。除非用鐵鍬深掘，把根仔仔細細地清理乾淨，否則春風吹又生。偏偏這種草在平日裡最常見。

除草適合在朝露未晞之時，因為被露水濡濕的雜草碰到鐮刀便會應聲而斷。想要大規模除草，則應選在夏天土用期間（立夏前十八天），以俗稱「粗鐮」的長柄魚板狀大鐮刀橫掃千軍。梅雨季時，雜草會從斷裂處重新生長，但在夏天的土用期間，不一會兒便會枯萎了。

夏天的雜草長得雖快，但只要多加留意就能輕易控制。真正可怕的是秋草，秋草短小精悍，種子很快便會散落一地，深根發芽，接著開出小花，迅速結果。種子落地之快就像撲簌簌的眼淚，一旦大意，讓種子落入田中，便很難根除。有時在鄉下散步，會看見到田埂整齊、作物欣欣向榮，但雜草同樣茂盛，因此農穫並不多的田，那一定就是去年秋天因為生病或意外等等因素，而來不及除秋草的農民的田。

除草務盡、除草務盡啊。

◎作者簡介

# 德冨蘆花・とくと みろか

一八六八—一九二七

小說家，本名健次郎，出生於肥後國水俣（現為熊本縣水俣市）。一八八五年受洗。同志社英學校（現為同志社大學）肄業，並於一八八九年到東京，進入兄德冨蘇峰創立的民友社當記者。一八九八年長篇小說〈不如歸〉問世，描寫家庭制度下的悲劇，自此一躍成名，奠定作家地位。後來因散文集《自然與人生》（一九〇〇年）、半自傳長篇小說〈回憶之記〉（一九〇〇—一九〇一年）的成功而離開民友社。一九〇三年發表長篇社會小說〈黑潮〉的第一篇，內容批判政界，與當時傾心國家主義的蘇峰對立，遂與之訣別。日俄戰爭後，因喜愛托爾斯泰而前往俄國，歸國後便在東京郊外過著田園生活。一九二七年逝世，死前與蘇峰和解。另著有〈寄生木〉、〈新春〉、〈富士〉等名作。

# 秋草

島崎藤村（しまざき とうそん，1872 — 1943）

聽說日出前替朝顏澆水，可以讓朝顏長得很好，為此我把澆水當作每天的早課，赫然發現一旁也長出了惹人憐愛的秋草。

前些日子，我回顧今年的夏天，想寫些當時發生的事為文章起頭，不知不覺卻愈寫愈多。包括我用親戚贈送的桃葉才稍微抑制住汗疹，好幾個晚上熱得睡不著覺，為了通風連門都捨不得關……零零星星記了一大堆。也是在那時，我決定好好紀念這難得一見的酷暑，把淋漓的汗水滴到外廊前的秋草上，把這些囈語般的心境都記錄起來。

今年的情況確實很罕見。在我居住的城鎮，許多花草不到秋天就凋謝了，坡道口石階旁的草皮一片枯黃，連平日我常去的花店所送的七草小盆栽也早早回歸塵土。據我觀察，只有一兩種秋草熬過這大熱天，艱難地活了下來。

就像多數在山上長大的人一樣，我的生活不能沒有草木。因此我種植了各式各樣的植物，卻因為陽光不足、通風不佳，加上這座城鎮像處在谷底一般，導致每種花草都無法如願生長。在這種惡劣的環境下，唯有我心儀的蕙蘭倖存下來。

我的院子非常狹小，花草樹木也不多，但還是想和大家分享這種中國蘭花盛開的模樣。相較於春季開花的春蘭，蕙蘭也可稱之為秋蘭，如果說春蘭是北方的花，能熬過漫長的冬季結出花蕾，那麼秋蘭便是南方的花，能挺住炎炎酷暑並且綻放。每當它舒展綠葉，開出潔白的花朵時，我都會為這清新的秋草所動容。而如今，正是它開花的時期。

話說回來，在都會住久了，我也愈來愈喜歡鎮上的夏天。我本來就熱愛夏天，夏季的各種景物和風情都令我的精神抖擻。即便烈日炎炎，那也是我一年之中工作效率最好、最文思泉湧的時候，因此我很少去避暑勝地。

今年我也一如往昔，滿心期待著夏天的到來。夏天的夜晚偏短但很涼爽，奇怪的是，今年的夏夜很不一樣。不僅傍晚的習習涼風變少了，早晨也不太瀰漫清涼的薄霧。酷暑下聽著破曉便鑼鼓喧天的蟬叫聲，以及一大清早就開播的廣播體操，困坐在每天超過三十度的燠熱城鎮裡，即便入夜，也感覺不到絲毫涼意。

我在家門前小巷種了十五根左右的竹子，圍了一塊約六公尺寬的籬笆，在那裡種植朝顏（牽牛花）。我並不是要效法古人隱逸的精神，而是為了應付這個難耐的酷暑。因為鄰居那一排高聳的鐵皮牆，將毒辣的陽光直接反射到我家入口的拉門，以及通往院子的窗戶上。

聽說日出前替朝顏澆水，可以讓朝顏長得很好，為此我把澆水當作每天的早課，赫然發現一旁也長出了惹人憐愛的秋草。在我接觸過的這麼多花花草草之中，大概就屬朝顏的歷史最悠久了。有時挨過悶熱難眠的夜晚，我便趁著城鎮天空泛白之前起床，享受黎明前的寧靜。

打開二樓的窗戶向外望去，籬笆仍然烏漆抹黑。漸漸的，紅藍相間的主調開始浮現，花朵的臉龐也慢慢清晰起來，有的呈琉璃色，有的呈柿子色，有的呈淺紫色，有的則變成白色。朝顏是個風雅的大家族，若把花色比擬成人，我會以歌舞伎演員的屋號——大音羽屋、橘屋，以及學者等尊稱來命名，以此展現朝顏那充滿生命力的植物之美。

有時，從大森來的賣魚郎會在小巷卸下魚貨，把結出花苞的秋草一腳踩扁。在室內悶熱無風的酷暑天，只有站在籬笆前，才能感受到微風從通往坡道的石階那頭吹來。我在籬笆前來來回回，想起了那位愛朝顏成癡，人稱「朝顏狂」的鮫島理學士。他曾為我講解過手長、獅子、牡丹等花卉的知識，至今言猶在耳。

這次我試著種了一些他的心頭好，體會到每一種花草都有燦爛無比的時刻。凡是藝術家，大概都會像羅丹那樣，認為沒有任何一項藝術品能夠展現花兒真正的美，這句話確實有道理。我不知道是誰、又是何時開始把朝顏列入秋草，只知道從梅雨停歇過後，一直到金風送爽之時，都能欣賞到朝顏之美，如此嬌花實在難能可貴。

此文作於九月十二日，二樓的房間已滿是涼爽的秋風。這個夏天，我只完成了平常三分之一的工作，大家都安慰我沒把身體弄壞最要緊，我也漸漸有些釋懷，然而花兒在這段期間只休息了兩日，每天一早總會在籬笆上睜開眼睛。今天早晨，我家也開了十八、九朵像是從睡夢中甦醒的小花，這些嬌小的生命爭奇鬥豔起來，還真令人眼花撩亂。往後這些花兒會愈來愈小，於深秋的空氣中逐一凋零，雖然教人不捨，卻也別有一番風情。

◎作者簡介

## 島崎藤村・しまざき とうそん

一八七二—一九四三

大正時期小說家、詩人。明治五年二月十七日出生於日本筑摩縣馬籠村（現岐阜縣中津川市），本名島崎春樹。在學期間受洗為基督徒，並展開對文學的熱忱，一八九三年參與文藝雜誌《文學界》的創刊，陸續於雜誌上發表劇詩、小說。一八九七年出版第一本詩集《若菜集》受到注目，被視為日本近代詩的起點，一九〇六年出版歷經七年完成的第一部長篇小說《破戒》更獲文壇激賞，奠定自然主義文學旗手地位。後因苦於與姪女間的不倫關係遠走法國，歸國後將這段經歷寫成小說《新生》作為懺悔。另有代表作《家》、《黎明前夕》等。

# 路旁的雜草

**島崎藤村**（しまざき とうそん，1872 — 1943）

最令我驚訝莫過於南天竹，即使瓶子裡的水結凍，買來插花的南天竹依然掛著紅通通的果實，葉子也很青翠，不僅沒枯萎，還一如往昔充滿朝氣。

通往學校的路上、一片皚皚白雪之中，於陽光錯落的石牆間尋找迎接春天的雜草，成了我的興趣。熬過一整個漫長的冬天，是時候好好親近路旁的雜草了。

途經朝南及向西的桑田時，常會見到綠葉紫花的「葎草」，此草別名「車花」，花開猶如車輪。在長滿車花、遍布白雪的河堤上，一定會有叢生的「鵝腸菜」，聽學校的工友說，「鵝腸菜」是百姓餵小雞吃的飼料。石牆之間，還有掛著湯匙狀藍紫色葉片的「鬼刀柄」，以及彷彿裹著禦寒厚外套的「岸屋草」。枯萎的蓬蒿與各種衰敗的雜草中，夾著細短的青草，半是轉黃，半是凋零。我們學校到士族住宅區水源不足，所以附近挖了許多細小渠道引水。渠道也有流經學校門口，我跑到門口一看，這裡果然留有青草，而且比其他地方都生氣蓬勃。

在這無可奈何的世界裡，雜草奮力探頭，結了極小的花蕾，不知大家都注意到了沒有。一月二十七日到三十一日之間，一直到二月六日，氣溫降到了極點，就連在山上住慣的我，那幾天手指也都凍僵了，甚至感冒發燒，氣候變化之劇烈教人吃驚。下雪後，朝北的屋頂和庭園都結了冰，連續好幾天也不見融化……老房子甚至因為地板橫梁底下的土冒出冰柱，導致門關不起來。朝北的屋頂垂下的冰柱長達兩三尺，穿上外套走在屋外時，連呼吸都會凍結，將衣領染得雪白。如此冰天雪地之中，也只有在屋頂上飛來飛去的麻雀，以及在雪地裡散步的狗兒神采飛揚了。

說起草木，我曾將福壽草種在小盆栽裡擺在壁龕上，還記得花苞開始轉黃時，天氣變得愈來愈冷，暖和時它便抬頭，冷颼颼時則萎靡不振。最令我驚訝莫過於南天竹，即使瓶子裡的水結凍，買來插花的南天竹依然掛著紅通通的果實，葉子也很青翠，不僅沒枯萎，還一如往昔充滿朝氣。

各位可能沒見過牛奶結凍的樣子，它會變成淺綠色，失去牛奶特有的乳香。在這裡連雞蛋都會結凍，把蛋敲開會發現蛋白和蛋黃變得脆脆的。廚房流理台的水管也凍僵了，連蔥根、茶渣都會結凍。拿起殺魚刀等工具，藉著照進窗戶的薄陽哐啷哐啷地敲打流理台的冰，是在溫暖地區見不到的奇景。水桶裡的水只要隔夜，早上就會有一半凍成冰，必須照太陽，將冰敲碎才能舀水。就連黃蘿蔔和醃菜都凍得硬梆梆，咬起來會發出卡哩卡哩的聲響，甚至得用熱水泡開才嚼得動。看看傭人的手，各個又黑又粗糙，龜裂的地方鮮血直流，打水時一定得戴上頭巾和手套。木地板和室掛抹布的地方，一早凍出白色的痕跡根本稀鬆平常，晚上讀書時聽著屋裡梁柱被凍裂的聲音傳來，只覺得連寒氣都滲進了骨髓裡……

暴風雪來襲前反倒溫暖些。雪夜不同於雨夜的寂寥，氣氛格外寧靜。下雪的夜晚甚至是溫暖的，暖到彷彿連梅花都會綻放。可是一旦積雪，又會變得天寒地凍。看看布滿雪的田地，根本是一片冰原。連千曲川都覆蓋著潔白的冰，底下依稀傳來潺潺流水聲。

# 平添秋天七草

岡本加乃子（おかもと かのこ，1889 — 1939）

花草摩挲衣物的沙沙聲、撲面而來的清香、入夜後的滔滔絮語、埋藏在心中的熱情——都是秋天在日本古典文學中常見的意象。

萩花、芒草、葛花、撫子花、女郎花、藤袴、朝顏。

這七種花草合稱「秋天七草」，源自山上憶良於《萬葉集》中吟詠的兩首詩歌：

秋風吹原野，遍地開繁英。屈指細細數，七種訴花名。

撫子弄野葛，紫萩捉白芒。女郎戲藤袴，朝顏逗群芳。

朝顏名列秋天七草，著實令人有些意外。因為早在七月初，花店門口便會擺出清麗動人的朝顏，等到七月底，老百姓種的朝顏也會紛紛綻放，照這樣看來，朝顏應該算是夏天的花。即使朝顏因持續開花到九月中旬、立秋之後而名列秋草，卻是在盛夏開得最美，尤其傍晚時分幫朝顏花架上的一盆盆花兒澆水，數著圓圓鼓起的花苞，期待明日一早會開多少花，第二天清晨再去觀察朝顏花架，欣賞色澤或淺或深，噙著露水盛開的碩大花朵，那種消暑的感受一早便沁人心脾。我曾經見過一名喪母的貧窮女孩在屋後栽種朝顏，入夜後她點了燈，細數花苞，天真無邪地笑著說：「這些花明天可以染三件絞染和服、一件深藍色和服。」不過，秋天七草中的「朝顏」其實並非專指在夏天早晨開花、古名「牽牛子」及「蕣花」的朝顏，而是包含了木槿與桔梗在內。這兩種花都跟牽牛子一樣，花朵呈漏斗狀。

七草都是野生植物，除了女郎花是黃色的以外，其他花都是紫色調。秋天的野花以紫色、黃色或白色居多，但也有比較嬌豔的粉紅色。秋草並不似夏草那樣熱情奔放，而是低調含蓄的，若不近距離觀察甚至還看不見它們。秋天是萬物沉寂的季節，天空深邃靜謐，太陽鋒芒盡收，樹葉紛紛褪色，連拂過原野盡頭的風也悄無聲息，秋草在這樣的季節開花，自然也融入了周遭環境裡。花草摩挲衣物的沙沙聲、撲面而來的清香、入夜後的滔滔絮語、埋藏在心中的熱情——都是秋天在日本古典文學中常見的意象。秋天本身是沉默的，僅透過風和花草傳遞訊息，這種幽微、內斂的表現並不代表秋天毫無生氣，反之，溫婉誠摯也是生命的一部分，足以觸動大丈夫的鐵石心腸。聽聽民風純樸的古代男女是如何吟詠秋草、寄情於斯的：

秋天風蕭瑟，芒花露水稀。我輩亦如是，消逝傷別離。

日置長枝娘子

門前萩花開，願與君同觀。不及邀汝至，落英已闌珊。

大伴家持

萩花、桔梗和女郎花令我想到山脈，芒草令我想到河岸，撫子花和藤袴則令我想到原野。它們生長的區域當然並非如此壁壘分明，卻讓我有這樣的聯想，可能是與我幼年時在山野郊遊所留下的印象有關。

在秋天七草中，我最喜歡萩花（胡枝子）。它的枝條直直地伸展，枝頭開著茂密的淡紫色花朵，金幣形的小葉子平均生長在枝幹兩側，沾滿朝露的花朵會深深垂首，顯得謙虛而優雅。在高原的狂風暴雨與轟轟雷鳴中，它會抓住被吹翻的葉子，抱緊隨時可能粉身碎骨的花朵，逆來順受地於狂風中搖擺，最後在平靜的秋陽下舒展枝葉。

萩花融合了鄉下女孩的純真和都會女性的幹練，同時擁有少女的浪漫和中年女性的憂愁。外表樸實無華，卻隱藏著溫柔細膩的心。

我小時候住在多摩川原附近的武藏野，因此特別喜愛芒草。原野上連成一片的芒草，就像在雜草之中占了一塊領地。它強韌的莖葉和銳利的葉尖散發著生人勿近的冷酷氣息，灰白色的花穗宛如虛無主義般蒼茫。看著如此倨傲的芒草，我總會莫名其妙產生敵意，想把它的花穗都拔下來。每當我靠近並伸出手，芒草鋒利的葉片就會立刻發動攻勢，劃破我的皮膚。秋天一到，我總會想起小時候沉迷於拔芒草花穗，導致手背上留下數不清的傷痕。這份令人懷念的記憶深處，除了有對芒草的堅強銳利所產生的稚嫩敵意，還有深深烙印在我心裡，那銀灰色花穗所展現的虛無飄渺的寂寥風情。

◎作者簡介

# 岡本加乃子・おかもと かのこ

一八八九—一九三九

小說家，本名岡本加乃，一八八九年出生於東京。師事女歌人與謝野晶子，早期以詩歌創作見長。一九一〇年與漫畫家岡本一平結婚，卻因夫妻間的對立與次子猝逝，導致嚴重的精神衰弱。此後開始鑽研佛教各流派，並發展出個人獨特的生命哲學，作品多可見宗教影響。一九三六年發表以芥川龍之介為藍本的小說〈病鶴〉，受川端康成好評推薦，正式於文壇出道，並在短短三年間發表〈母子敘情〉、〈金魚繚亂〉、〈老妓抄〉等代表作，以濃密的情感與敏銳的人間洞察，交織而成極富生命力的獨特作品世界。

# 森林的聲音

薄田泣菫（すすきだ きゅうきん，1877 — 1945）

時值五月半，古沼中的水藻與鮮花相互輝映，悶熱微陰的午後，樹葉蒼翠欲滴、樹根糾結交錯、樹幹高聳入雲，好一派生機蓬勃的景象。

我走在春天的山間小徑裡，路途兩旁聳立著數不清的大樹，枝椏縱橫交錯，葉片相互掩映，有闊葉也有細葉。森林看守人偶爾會通過林蔭，抬頭望一下午後的天空，卻連一朵雲都看不見。畢竟，這座神山自從仁明天皇頒布禁令以來，就不曾遭到砍伐。薰風徐徐，這裡便林蔭蔽天，朔風凜凜，樹葉便枯萎凋零，飄落的枯葉懷抱著歲歲朝朝的夢想，再度回歸塵土，化為春泥。這樣的一座山歷經千年歲月，風景自然與隨處可見的雜木林大異其趣。山上氣溫低，地表總是濕漉漉的，空氣中隱約飄著在其他山裡只有秋天才聞得到的泥土芬芳。

春天的森林會不會愈來愈壯觀呢？大自然的雙手填補汪洋、堆砌火山、塑造摩西與鯨魚背脊，又在這裡澆灌春天的森林。黎明時分，松樹朝天際伸展，直入雲霄；週一上午，橡樹一鼓作氣根深柢固；竹柏在黃昏下高歌，馬醉木喃喃自語；林木隨心所欲舒展枝葉，轉眼便蒼翠挺拔；天空洋溢著微笑，於頭頂綿延；第一道曙光像要握住我的手，從天空伸出一隻隻粗壯的臂膀。生在地上遙望天際，是一件何其辛苦的事情，然而即便辛苦，打從嫩葉發芽的那日起，植物便履行著各自的宿命。樹木樂天知命，在生命結束前努力生長、從不停歇，哪怕只剩一天的光陰。時值五月半，古沼中的水藻與鮮花相互輝映，悶熱微陰的午後，樹葉蒼翠欲滴、樹根糾結交錯、樹幹高聳入雲，好一派生機蓬勃的景象。

某棵大杉樹說：

「我長得太高了，覺得高處不勝寒。天上的雲又總是呼嘯個沒完，真希望一道閃掉下來讓他們安靜一會兒。」

年輕的馬醉木說：

「我倒是討厭當矮冬瓜，泥土味太重了。唉，有沒有什麼方法，能把前塵往事都忘光？」

老橡樹呢喃道：

「我已經活得有點累了。老鷹飛走後不知去向，從此再也沒回來，等著等著，又過了一千個夏天，這段日子可不短啊。」

竹柏也說話了：

「真希望我們有自己的語言。」

天空的雲變稀薄，看來差不多要轉晴了。滿載初夏活力的燦爛光束穿透發黑的竹枝，斑斕地灑落在樹幹上。紅棕色的冷杉、泛白的橡樹、乾裂的竹柏表皮清晰浮現在幽暗的森林裡，古寺內的燭影照亮了大師雕刻的十二神將背影，肅穆地令人屏息。

忽然間，脖子有什麼輕輕拂過，宛如女子幽蘭般的吐息。

伸手一捻，原來是枯萎的紫藤花。如今五月已過了大半，想不到在奈良仍有開著的紫藤。抬頭凝望，粗壯的杉樹下掛著長長的古老藤蔓，垂懸的莖葉好似慵懶的女子，伸出纖纖玉臂勾在一旁的大樹上。林裡的樹木都在私語，唯有這棵樹的聲音聽不見，因為都被紫藤花的啜泣給掩蓋了。

# 雜草雜語

**河井寬次郎**（かわい かんじろう，1890—1966）

在花草的世界裡，再怎麼完美都會有缺憾，但這樣的不足也是一種救贖。它們即便落伍了仍魅力不減，即便過時了仍保有一身風骨。

罌粟花被當作製毒原料之後，就從花圃裡絕跡了。孩子們失去那麼美麗的花果，實在令人遺憾。我們才不要毒品，只要罌粟花回到花圃裡去。

柿子是一位不肯自我妥協的驚人雕塑家，不惜把嘔心瀝血刻好的花砸落一地。這每一朵不結果的花，可都是柿子的心血結晶啊。

矢車草是童裝的染料，讓孩子們有美麗的衣裳可穿。即使那些花紋在洗滌後褪色了，孩子們心田裡的矢車草依然綻放著燦爛的花朵。

南瓜花向來乏人問津，人們只注意到南瓜的果實，從沒注意到它的花。其實，就連現在很珍貴的縮緬南瓜和葫蘆南瓜，人們同樣對那美麗的紋路與曲線視而不見。大概是因為時下流行蒐集奇岩怪石，相形見絀的南瓜就被大家直接吃進肚子裡了吧。

山百合一種進花圃裡，美妙的香氣便會消失得無影無蹤。或許它是捨不得離開故鄉草山，才把香味留下來作記號，盼望著有朝一日重返家園吧。

茶花品種數目之多，令人眼花撩亂。以前只有野山茶花，孩子們也只認識野山茶花，其實是幸福的。野山茶花端莊美麗的模樣、濃郁純粹的色澤，就好似雪白棉被暖桌下的爐火一般。至於培育新品種，讓五顏六色的茶花交配，雖然樂趣無窮，卻也流於炫技而違背了美的真諦。

王瓜花總是在無人關注的樹叢裡默默努力、悄悄開花，也許就跟它那只有烏鴉會吃的果實一樣，此花生來就低調，不愛引人注目吧。

桐花是家喻戶曉的植物，卻又難得一見。或許它厭倦了平地的凡塵俗事，便隱逸到高山盡情綻放自我了。

土生土長的鈴蘭只要一移植就會枯萎，死也要留在故土。近來有許多適應力極強、能夠大量繁衍的外來花，說好聽是易於栽培，說難聽便是毫無矜持吧。

鬱金香此時尚未引進，只能從塗有彩漆的馬口鐵盒上一窺它的身影。自古有許多花草傳入日本，在歲月的磨難下同甘共苦、互相扶持，適應環境並且落地生根，卻依然不及日本野草的一身勁骨。倍受呵護的花草反倒如此嬌弱，令人不勝唏噓。

波斯菊在孩子們懂事時便定居下來，於農舍的後門和田邊找到了自己的歸宿。

寶蓋草別名「佛座」，想知道由來不妨親自坐上去看看。血紅石蒜素有「狐狸剃刀」之稱，狀似鋒利，但萱草的葉子或許才是名刀正宗。

菖蒲花、燕子花……孩子們根本不在乎分不分得清楚，只知道朵朵都美若天仙。將它們繡在水面的畫布上，更教人如癡如醉。不知被雨淋濕或夕陽西下時又有多美呢？

曼珠沙華喜歡田邊的地藏石像，總是花團錦簇地圍著它慶祝。此花也偏愛墓地，因為愈是寂寥，它的火光就愈是熾烈灼目。

海棠花總是在等雨。它的姹紫嫣紅染上了濃濃的憂愁，它從不抬首，總是頭低低地等著雨。

石榴花張著紅通通的大嘴，目不轉睛地俯視井邊正在烹煮夏季河豚的女人。

薊花會在鄉間小徑四處綻放，幸好人們常對它視而不見，才能維持野生的模樣。

若不小心惹惱了它的花朵或花苞，小心吃不完兜著走。

菊花是日本的國花，很早就深受人們喜愛，卻也因此被改得五顏六色、花枝招展，喪失了菊花的精神。如今仍保有菊花風骨的，大概只剩在田間一隅胡亂生長、歷經風霜的小野菊了。

柑橘花隱瞞了自己妖精的身分，廣邀蟲子前來採蜜。人類並未受邀，但這群不速之客卻把柑橘果實全都採走了。

梔子花從五月的陰霾中抬起雪白臉龐，用形狀可愛、色澤鮮豔的果實散發美妙的香氣吸引路人駐足。這樣的呼喚，大概是世上最教人沉醉的甜言蜜語了。

在花草的世界裡，再怎麼完美都會有缺憾，但這樣的不足也是一種救贖。它們即便落伍了仍魅力不減，即便過時了仍保有一身風骨。它們會悄悄地慶祝，享受沒沒無聞的自由，期盼姍姍來遲的希望，珍惜僅有的快樂……

龍膽花頭一次映入孩子們的眼簾，是在深秋的草山之上。它佇立於半枯的草叢裡，堅強地抬頭凝望著天空。時下同種的舶來花只知爭奇鬥豔，見到它如此謙遜，想必會羞愧得無地自容吧。

芙蓉樹就在德應寺裡，一入寺門，便能看到它亭亭如蓋的模樣。每年僧人都會像修剪胡枝子一樣整理芙蓉樹，它卻彷彿未經修整過一般，茂密得宛如小山，滿樹鮮花壯觀得不得了。樹下一地的落花，便是它奢侈驕傲的象徵吧。

木槿花的白色變種被孩子們發現以後，竟然與灰撲撲、看似有毒的紫花結為連理，誕下的種子還長出了豔麗的粉紅花朵。芙蓉與木槿開花時只能吸引到像蛾的可愛蝴蝶，這種花盛開時，卻有眾多昆蟲從四面八方而來，令人嘆為觀止。芙蓉花還有名叫「醉芙蓉」的變種，醉芙蓉在早晨幾乎是純白色的，隨著太陽升高，顏色會逐漸轉紅，散發像日本酒一樣醉人的色澤。

雞冠花據說是來自遠方的古老舶來植物，但對孩子們而言，它可不是外來種，而是親近熟悉的花。它那華麗奔放的花形素有「獅子頭」之稱，非常討人喜歡，「雁來紅」的別名也是這樣來的。不論在中庭、後院菜園還是田地角落，雞冠花的繽紛都為季節增添了不少色彩。

花花草草不會自相殘殺，人類卻總是為了利益他人而自我犧牲，甚至為了生存而殘害他人，實在荒唐。畢竟，即使你殺了他，他也不會真正離開，反而會永遠在你內心深處徘徊，一如穿透空氣的聲音、劃破黑暗的燈光……所謂的不生不滅，不正是這個道理嗎？

植物就不一樣了，它們沉浸在自己的世界裡悠然而自得，享受著無邊無際、寧靜安詳的喜悅。植物會因為空白而滿足，因為健忘而幸福，就算怠惰、偷懶又如何，生命自會找到出路。

# 近年的花草

南方熊楠（みなかた くまぐす，1867 — 1941）

「捕蟲撫子」的英文稱為「Catchfly」，莖會分泌出黏液，蒼蠅停在上面便難以脫身。據說十七世紀時，法國人曾因有趣而在倫敦的花園大量種植捕蟲撫子。

今年氣候異常，很多花開得比往年晚，但也有秋天才開花的植物在初夏就盛開。我家的石竹科則是百花齊放，其中「眼皮花」有個非常有趣的傳說。《枕草子》中的「雁緋花」（かにひ，另一個版本寫作がむひ）據說就是眼皮花，但雁緋花的顏色並不鮮豔，模樣更像紫藤花，而且春季和秋季都會綻放，所以恐怕並非眼皮花。根據《倭漢三才圖會》記載，達摩祖師於少林寺面壁九年，因為惱怒自己昏昏欲睡，索性將眼皮撕下來扔在地上。隔天一早，眼皮掉落的位置居然長出了花，顏色呈肉色，和眼皮一模一樣，從此就有了「眼皮花」的俗稱。

在法文中，石竹稱為「Œillet」（小眼睛），在英文則稱為「Pink」（鳳眼），因為石竹花瓣不僅呈肉色，還帶有細長的鋸齒，像極了眼睫毛。《倭漢三才圖會》出版之前，旅日的德國植物學家肯普弗就曾在他撰寫的外國見聞錄中，提及自己在日本時，聽聞只要將達摩祖師眼皮長出的植物葉片用水煮開服用，便不會再打瞌睡。那種葉片邊緣有睫毛狀的鋸齒，像眼皮一樣，相傳這便是茶的起源。

## 荷蘭石竹

「荷蘭石竹」在英文稱為「Carnation」（康乃馨）。康乃馨有「肉色」的含意，據說就是源自它的花色，然而康乃馨正確的名字應該是「Coronation」（加冕），因為古人經常將康乃馨做成花冠來配戴。康乃馨的香氣類似丁香，在義大利又稱為「Girofle」，在中世紀的英國則稱為「Gillyflower」，這兩個單字都是「丁香花」的意思。正如英國詩人喬叟的詩所述，十四世紀左右，人們經常以康乃馨調酒、烹飪，用來代替昂貴的丁香。糖漬康乃馨對健康非常有益，可以強心並治療熱病。在義大利，百姓將之視為愛情的象徵，尤其聖彼得特別熱愛康乃馨，因此他的忌日（六月二十九日）又稱為「康乃馨節」。

石竹與瞿麥原本並無區別，日本也曾把撫子或常夏當作瞿麥屬的總稱，後來才將花瓣無齒裂的稱為「石竹」，和名「撫子」或「常夏」、花瓣有淺齒裂的叫做「瞿麥」。然而正如清少納言所說：「大和撫子之名比唐撫子更貼切。」因為撫子大多生於日本山野，叫「大和撫子」合情合理，石竹雖然是從支那傳入，但叫「唐撫子」便有混淆之嫌。金源三的歌也有類似描述：「大唐有高粱紅花，我大日本有大和撫子」。有人認為這是近代作品，歌人藤原定家在編纂《新勅撰集》時，應該要將「我大日本」改為「我國日本」，因為平民百姓不能直呼「我大日本」，但他卻堅持一個字也不改，主張日本人雖然是皇民，奉天皇為君主，但既然生在日本就有權利稱呼「我大日本」，不該因階級而區分用詞，便原原本本抄錄了這首歌，這樣的思想在當時是非常偉大的。那些自詡民主進步的人，不去研究日本的民主故事，只會拿外國的東西現學現賣，豈不貽笑大方？我猜，當我寫下這篇文章，不出兩個月，一定又會有人大書特書《金源三的平等觀》，此等行徑簡直與剽竊無異。

順帶一提，松島的雲居禪師特地將盜匪偷漏的錢送上門，則是出自金源三的著作《塵添埃囊鈔》第七冊第二章。

貴族歌人源俊賴的歌中也有一句「唐國先不論，遠東有石竹」。這首歌吟詠的是昔日一名叫做嶋田的英勇領主，拉弓射死了騷擾百姓的石妖，箭卻卡在石頭上拔不下來，結果石上的藻鹽草竟然長出了撫子花。當時，撫子和石竹已經有所區別，人們將石竹稱為「唐撫子」，認為它是從支那引進的。然而根據已故的矢田部博士著作《日本植物篇》所述，日本有一種土生土長的「小石竹」，花朵呈粉紅色，是栽培石竹的原種。這裡我想補充一下，菅原道真的友人嶋田忠臣曾寫過兩首詩吟詠宮中的瞿麥花。詩中提及瞿麥花奼紫嫣紅，色澤有濃有淡，自春末初開，夏季最盛，秋冬不凋零，時時花團錦簇，因此四季都能欣賞，今年初次引入宮中，藉以美化環境，儘管宮中已有數十種名花，此花卻毫不遜色。詩中對其讚譽有嘉，說瞿麥花生於高山河谷之中，而非名人雅士之家，不像玫瑰帶刺螫人，也不若芍　無光便羞得抬不起頭。「生於高山河谷」之說來自於南朝道士陶弘景，可見瞿麥是支那的花，嶋田忠臣寫詩歌詠瞿麥，應是在四季開花的石竹從支那傳入日本，由宇多天皇種植於宮中之後。根據儒學家林述齋所說：「若論品格，彼岸櫻優於櫻花，芍藥劣於牡丹，花菖蒲劣於杜若，石竹優於撫子，寒菊劣於菊花。然而，花雖有優劣，卻都難以割捨。」聽起來就像憲政會在評論若槻首相一樣。

現在盛開的石竹花中，有一種稱為「道灌草」，相傳以前曾被種在江戶的道灌山上。根據《本草綱目》記載，此花的漢名為「王不留行」，婦女服用可以促進乳汁分泌，因「此物性走而不住，雖有王命不能留其行」而得名。室町時代的日文辭典《下學集》將這種植物稱為「剪金花」，並註明蜀主非常喜愛剪金花，自從宋朝遷都汴京以後，人們才稱之為「王不留行」。儘管這段記載並未出現於中國典籍中，但在足利時代，此說法已於日本廣為流傳。

「捕蟲撫子」的英文稱為「Catchfly」，莖會分泌出黏液，蒼蠅停在上面便難以脫身。據說十七世紀時，法國人曾因有趣而在倫敦的花園大量種植捕蟲撫子。它的學名「Silene」來自古希臘神西勒努斯，西勒努斯是一名禿頭老翁，鼻子扁塌，身材圓胖，總是攜帶著一個大酒壺。他是酒神狄奧尼索斯的養父，後來成為狄奧尼索斯的隨從。

西勒努斯相貌醜陋卻智慧非凡，堪比蘇格拉底。他不愛榮華富貴，只醉心於美酒、音樂和睡眠。由於能洞察過去和未來，人們經常把他灌醉，為他戴上花圈，請他預言或唱歌，可見連充滿智慧的神祇都抵禦不了俗世美酒的誘惑。捕蟲撫子分泌黏液的模樣像極了西勒努斯喝醉後口水直流，因此得名。現在山裡盛開的「堅硬女婁菜」，以及明治維新後才傳入的「白玉草」都是同一屬的植物。白玉草原生於英國，嫩芽帶有豌豆和蘆筍的味道，因此人們也用它替代豌豆及蘆筍。據說在札幌一帶可找到這種植物，不妨入菜品嘗看看。

## 巴西利

巴西利眼下正值花期。它的花很不起眼，但古希臘人認為大力士海格力斯曾在頭上戴過這種花，因此對它極為尊崇，甚至會將乾燥的巴西利花冠贈予競技的勝利者。巴西利花冠具有平心靜氣、促進食慾的功效，因此賓客在宴會上經常佩戴它。此外，人們也於臨終之際使用巴西利，並將它的枝葉撒在死者身上。根據希臘作家普魯塔克所述，曾經有一隻軍隊遇見載有巴西利的騾子，以為是戰敗的凶兆而自亂陣腳。另外，也有人在耕田之前先於田邊種植巴西利和芸蒿，因為芸蒿的氣味既刺激又濃烈，能驅散害蟲，也可以提神醒腦，女子食用亦有助於守節。馬賽爆發大瘟疫時，曾經有四名盜賊飲用巴西利釀製的醋，結果完全沒受到感染，還闖進瘟疫患者家中大肆劫掠。據亞里斯多德所述，貂會先吃巴西利再對抗蛇，因為蛇很怕巴西利的氣味，一定會投降。在古英國，人們相信從鄰居家偷摘巴西利種在自家花園裡會長得很茂盛，一如在紀州田邊，人們也會偷摘蓮芋和一文字長蔥，把它們種在自己的田裡。

## 大理花

根據植物百科《舶上花譜》記載，大理花是由白井博士於天保十三年首次引進日本的，起初大家都以洋名「藍農凱爾」稱呼它，後來發現大理花的花葉跟牡丹頗為相似，便產生了「天竺牡丹」的俗稱。山內巖在今年紀元節推出的新一期《日本與日本人》刊物裡，表示大理花原產於雲南的大理，因外國人於廣東第一次看到這種花並詢問花名時，得到的回答是「大理呀」，才有了「大理花」之名。日本其實也有類似的情況，有一種叫做「啥摩樹」的植物，長得稀奇古怪，詢問樹名時得到的回答總是「什麼」，於是「啥摩樹」就成為它的名稱了。然而，《植物名實圖考》這本網羅支那南部草本的圖鑑中，壓根就沒有提到大理花。植物學權威恩格雷爾與布蘭特爾在《自然分科篇》裡，則表示大理花的九個品種皆源自墨西哥。一七八九年，西班牙僧侶卡瓦努斯在他撰寫的《西班牙植物圖譜》第一集和第二集中，強調大理花之名「Dahlia」是源自瑞典植物學家達爾的姓氏。有這麼多學者佐證，大概也不必再討論大理花是否源自支那了。

◎作者簡介

# 南方熊楠・みなかた くまぐす

一八六七—一九四一

生物學者、民俗學者，出生於日本和歌山縣。一八八四年進入大學預備門（東京大學教養課程前身）就讀，但途中退學，並跨海至美國、英國。在英國時，於大英博物館負責整理東洋文獻目錄，同時也投稿科學雜誌 *Nature*，並獨自研究動植物學、考古學、宗教學等。一九〇〇年歸國後，居住於日本和歌山縣田邊市，從事黏菌類的研究及採集，另一方面，也投身於民俗學的研究，曾投稿《太陽》、《人類學雜誌》、《鄉土研究》、《民俗學》、《旅行與傳說》等雜誌，留下大量著作。著有《南方閒話》、《十二支考》、《南方隨筆》等。

# 造園之人

室生犀星（むろう さいせい，1889 — 1962）

---

只有青苔當然也很好，其中我最喜歡日苔，這種青苔不必澆水也能常保翠綠。它原生於山裡，即使天氣炎熱，乾燥得不得了，色澤依然青翠。

## 手水缽

《徒然草》曾寫到「水愈淺愈好」。我童年時幾乎都住在河川後岸，岸上有一道跟河川不同來源的清泉，為了讓這道泉水變成潺潺小溪，我每天都在另闢河渠。河渠寬度約六十公分，長度約六公尺，我在兩側鋪了小石頭仿造石堤，好讓水流過來，清泉果真源源不斷地湧入。早上天氣好時，我便在這條淺淺的小溪裡奔跑嬉戲。我還建造了小橋，在石堤旁蓋房子，種植花花草草。不過現在我並不同意《徒然草》的說法，我認為水流還是洶湧一些，別太淺比較好。水是有生命的，任何庭院少了水，都會令人喘不過氣來，所以庭院至少要有一處水源，即使只是「手水缽」（石製洗手台，別稱「蹲踞」）也好。乾燥的庭院會令人窒息，反之光是望著庭院中的手水缽，配上一杯茶，便教人心曠神怡。

我非常喜愛手水缽。尤其是以形狀漂亮的天然石塊打造而成，底部呈橘子狀、凹槽如月亮型的手水缽，連茶人都愛不釋手。然而手水缽該擺在哪裡卻是個難題，不論是放在庭院的角落，或是茶室內庭與外庭分界的枯木門旁，都會影響整個庭園的格局和風水。我雖然不是茶人，也不是造園師，卻也明白手水缽的位置至關重要，必須綜觀全局，不得馬虎。我喜歡在手水缽後面種大約十五根箭竹，前石（蹲在手水缽前洗手時墊腳的石頭）右邊種植低矮的山白竹。若是要種木賊，離手水缽太近未免了無新意，不妨種在一到兩公尺外的地方，並在旁邊擺些捨石（裝飾、點綴用的石頭），將木賊與手水缽串連起來。擺在庭園裡唯一一棵茂密的山茶花下也不錯，四、五朵山茶垂落在盛水的缽槽前，真是賞心悅目，我曾在初冬時偶然見到這樣的手水缽，教人眼前為之一亮。

即使手水缽後面是一大片竹林，只要竹林夠優美，能與手水缽相得益彰，那麼就算竹子佔地極廣，也不會奪去手水缽的風采。手水缽最好擺在朝陽下的陰影處，以便中午和傍晚時分不會曝曬在陽光下。此外還得一早去汲水，將新鮮的水注滿手水缽，把整個石盆淋濕。另外也要避免生青苔，並且時常保持乾淨，不能有一點灰塵沾染，畢竟這些水是要用來漱口、洗手的。

兼六園的成巽閣內，有一座由後藤雄次郎打造的四方佛型手水鉢，這座手水鉢沿著小溪而造，上面一共刻了四尊石佛，小溪兩側布有奇石珍木。成巽閣平日並不開放，草木便在石頭上悠悠生長，恬適安詳。小溪上游叢生的木賊也能看出造園老師傅的功力。我在想，這個手水鉢之所以刻著佛像，大概是想增添幾分禪意吧。在茶庭裡，石燈籠可以放在樹木後面，但手水鉢一定要擺在觸手可及之處，因為手水鉢是用來洗手的，即使放在角落，位置也必須安排妥當。瑞雲院的手水鉢兩旁設有引導用的踏石，最後還得踩在一塊石階上才能洗手，規格十分嚴謹。兼六園池塘邊的手水鉢則是一塊大石頭，座落在三人環抱的栲樹根上，看上去十分壯觀，我從未見過設在如此巨木樹根上的手水鉢。

手水鉢的設計必須極有格調，形狀要大小適中，與景色相輔相成。我曾經親眼看過一個絕妙的手水鉢，造型似奇岩怪石，又如高峰般山清水秀，甚至有雲霧繚繞之感。缽上的凹孔就猶如《聊齋志異》〈石清虛〉中的石頭，有時會吐出如棉絮般的白雲。此外，缽槽的水必須像古鏡一樣清澈，手水缽本身也要古色古香。蒼穹下，一座盛滿水的手水缽，能讓庭中之人有攬鏡自照之感。這樣的一汪清水，也能將庭園最真實的面貌映照出來。

據我所知，庭園的水盆除了一般手水缽以外，還有許多類型。例如像石臼一樣造型新穎的伽藍手水缽，是將圓形水盆疊在圓形石頭上而成的；時髦的唐船手水缽是在彎成鋤頭狀的天然石頭左側布置水盆，設計成古代唐船風帆的模樣，顯得妙趣橫生；司馬溫公手水缽是在三塊假山中央放置洗手盆，雖然雅致，卻有些不便；圓星宿手水缽是常見的圓柱狀水盆；石水壺手水缽開口寬敞、底部狹窄，依石材可設計得非常氣派，但我並不喜歡。反倒是石水瓶手水缽，那帶有三個把手的枕狀圓筒結構令我覺得很有意思，它也有點類似支那、朝鮮常見的附把手的大水壺，而且因為是石器，比陶器更有韻味。說起陶器與石器孰優孰劣，我認為石器雖不如陶器精緻，確有一種渾然天成的枯寂感，這是陶器所比不上的，那種枯寂感格外令我傾心，教人魂牽夢縈。此外還有方方正正的方星宿手水鉢，這就不必多提了。至於富士手水鉢、葫蘆手水鉢在我們文人雅士心目中則顯得俗不可耐。手水鉢必須以天然石材精心打造，還得保留寂寥感，那才有意思，像杜甫的「赤日石林氣」等詩句，便是手水鉢銘文的首選。

竹管手水鉢是讓水源從竹管流入高高的水盆裡，看上去生機盎然。這讓我想起了野澤凡兆的詩歌「寒風瑟瑟霜雪白，古寺悠悠竹簾青」，竹管手水鉢便給人這種幽居深山之感，尤其是在晚春的漫漫長日裡，待在書房聽著滴滴答答的竹管流水聲，那可真是一種享受。水流漸低，自然滲入地面碎石裡的靜謐禪趣，比刻意營造的涓涓細流還要幽寂且新鮮數倍。

四方佛手水鉢呈方柱狀，四面皆刻有佛像，意境悠遠。我曾把難波寺形的手水鉢擺在大樹下，讓地錦攀爬其上，當藤蔓於石面延伸，籠罩在氤氳水氣下時，那凝聚在葉與葉之間的一掬清水，彷彿上天所賜的甘露般清澈、甜美。在茶庭裡，手水缽前還得擺上湯桶石（冬天時放熱水桶的石頭）與手燭石（夜裡喝茶時擺燭火的石頭），這是辦茶席前的規矩之一。我雖然是品茶的門外漢，卻一直很推崇茶道精神。在我的人生哲學中，茶道與色道是相通的，我認為這也是古今茶道的真理。在清靜之中思念佳人，便猶如蹲坐於林泉旁悠然垂釣。嚮往出水芙蓉的美女，何罪之有？這種色道與枯寂的互相烘托，令我著迷。我還喜歡像小堀遠州設計的茶庭那樣，種一棵大樹和四、五棵小樹，以踏石分隔中庭，茶室開八扇窗。這樣的格局有種難以言喻的美感與寂寥風韻，其寡淡、清靜，令人神往。

## 石頭

世上恐怕沒有什麼比石頭更枯寂了，人們為什麼會喜愛這種冷清的東西呢？

草木蕭條亂石現，日薄西山枯原煙。

與謝蕪村

晚秋朔風吹孤雁，田間小石入眼簾。

與謝蕪村

寒風瑟縮草木凋，簷上小石青苔著。

與謝蕪村

或許正因為石頭的模樣與顏色如此寂寞，人們才會喜愛它，反之，大概就沒有人會喜歡石頭了。石頭的深邃令人百看不厭，它的枯寂則教人心靈平靜。人們在成長的過程中總是先把石頭視為玩具，在最後也一樣將石頭當成玩具。文學之道上，俳句僅是敲門磚，等到歷經滄桑、集大成之時，便會發現石頭才是文學知己。小時候我總愛在河岸玩耍，朝遠方扔石頭，聆聽幾秒鐘後才響起的石塊碰撞聲，那空寂的音色，帶我頭一次領略了世界的幽靜。

草木萌芽時，踏石和捨石彷彿都從嚴冬中甦醒過來、開始呼吸，至少稜角變得更加分明。或許那是草木新芽所勾勒出來的輪廓，又或者是翠綠的嫩芽與蒼勁古樸的石塊一同描繪出來的圖案。

石頭必須時常保持濕潤，這樣早春時節才能感受到它的稜角分明。積水的石頭、微凹而不至積水的石頭、被打濕的石頭，都是不加雕飾、生氣勃勃的。它們在朝陽照不到的地方靜靜佇立，深邃而悠遠。有時它們也會被夜雨淋濕，仰慕天明，那模樣便好似墜入了愛河一樣，當這樣的石頭是飛石（鋪步道的石板）時，還真捨不得踩上去，因為清晨的石頭是那麼地寧靜。某天早上，我發現烏黑的捨石旁長出了一株款冬花，我瞪大眼睛，驚訝地盯著它，而石頭也像是簪了一根髮簪的龐然生物，微笑地與我對望。當庭園主人悲傷時，石頭也會滿面愁容，當庭園主人高興時，石頭就會樂不可支，因此早上不經意地將目光落在蒼勁的石地上時，我心中總會湧現出綿綿不絕的情意。我常常覺得石頭與我是擁抱彼此的知己，因此我明白山水畫家相阿彌為何會在青山綠水間黯然神傷，感嘆木石之交更勝於親兄弟的情誼。當一個人能讀出石頭的表情，代表他對木石之愛已達到極致。正如小孩在院子裡輕撫草木新芽的頭，我在院子裡摸石頭，也是同樣的道理。

山吹落英花飄送，瀑布急流聲轟隆。

松尾芭蕉

春來翹首坐不住，鄰居門前摘梅株。

與謝蕪村

庭園裡的水仙花正如王庭吉筆下的水仙圖，有著纖弱的頸項、一片厚重低垂的葉子，以及一朵緩緩伸展、靜靜綻放的水仙花，它與我心意相通。曹雲西筆下蒼勁挺拔的石岸古松、九龍山人所繪的枯木水邊隱居圖，其中飽含的情感與我的心網交織在一起，每一線都緊密相繫、擦撞出共鳴。

有人說布置石頭的絕技是兩兩一組、三個一組、五個一組，但我認為隨興就好。雖說凡事講求和諧，但只要有一種特性更突出，足以打動人心，那便夠了。用心觀察的話，會發現只擺一顆石頭的時候，它也許會渴望朋友，也許會寂寞難耐，這是因為石頭也是有情感的。當一塊石頭無法單獨立時，那就再加一塊石頭。但如果將兩塊石頭布置在一起，原本那顆仍然孤單寂寞，又該怎麼辦呢？那就加到五塊石頭，倘若因此破壞了和諧呢？此時我就會故意讓原本那顆獨立出來，讓它保持孤單。

踏脫石（脫鞋後，用來擺鞋子的石頭，也可當踏腳石）、飛石一定要由行家來布置，才能和諧優美。相傳茶道宗師千利休受邀至某庭園品茶，茶會結束後他默默離席，日後竟指出有一塊飛石的位置被改動過。飛石是一塊一塊向前延伸的，猶如庭園在呼吸。看飛石如何布置，便能一窺庭園主人的理念。飛石是接連不斷的，一步一石急著通往目的地，必須有高超的技巧才能讓它停下。飛石即為庭園的門面，這點於我心有戚戚焉。

有一次，庭園角落的梅樹殘株長出了五棵靈芝，經過幾個月，菌傘都張開了。聽說在支那，野生的靈芝極為罕見，由於珍貴、稀有，甚至會被做成擺飾來賞玩。靈芝的莖和傘本質都是菌，只要陰乾就會變硬，保留原本的形狀，灑點水則會呈朱紅色。這五棵靈芝，第一棵長在右邊，第二棵長在左邊，第三棵菌傘很大、位置偏遠，第四棵和第五棵則恰到好處地長在右邊和左邊，這種間隔方式簡直妙不可言。那時我腦中正在漫無邊際地思索如何布置飛石，忽然靈機一動，乾脆仿效這些野生靈芝的位置，那一定很有意思。它們的位置確實與傳統的「石階踏脫組法」頗為相似，或許只是巧合，但參考老祖宗的智慧想必不會錯。

從簷廊或客廳延伸出來的飛石，質地必須堅固，可每三至四塊飛石連成一行，也可四塊一行接兩塊一行。若是使用石條，須注意石條交錯時，重疊的位置頂多位在三分之二，這種形式又稱「拍子木」，就跟拍子木一樣，兩根並用時重疊的位置要落在三分之二處。若飛石旁生了青苔，就不必再種草坪了，不過，倒是可以種些帶有白斑的矮山白竹四處點綴，模仿乾筆水墨畫的意境。只有青苔當然也很好，其中我最喜歡日苔，這種青苔不必澆水也能常保翠綠。它原生於山裡，即使天氣炎熱，乾燥得不得了，色澤依然青翠。平日不必特別澆水，只須等待偶爾下雨或一週澆一次水即可。這種青苔很強韌，大庭園用它最好，即便懶得澆水，放著也會綠油油的一片。雖說青苔愈光滑愈好，但山苔、日苔的粗糙質地，反倒能突顯庭園的莊重肅穆。總而言之，庭園中石頭和青苔的意境必須深遠，例如龍安寺的石庭就某方面來說，便將恬淡曠達的心境展現得淋漓盡致。當一個人的心因為孤寂而昇華，其精神便會體現在石庭之中。

我喜歡在灰濛濛的陰天蹲在庭園裡，與安詳沉靜的石頭和青苔對望，每當我瞥見它們的身影，總有種與形形色色的人們心靈交流的感動。

有些人認為青苔只要用紅土種一兩年就能欣欣向榮，何必曠日費時等青苔爬滿石頭，這種膚淺的心態還是捨棄為妙。願意耐著性子，等待雨水和歲月澆灌青苔的都是文人雅士，速成者跟我們可說是道不同不相為謀。日苔沿著飛石所形成的模樣、色澤，就猶如長了蠹魚的古書，韻味悠長。我喜愛石頭上的蝸牛、蚱蜢和鶺鴒的身影，也喜歡寂寥的陰天和雨日的風景。有人會在庭園最清靜的地方，擺上一塊石頭來膜拜，稱為拜石，但我認為那太陳腐了，改掉也無妨。有一種擺在池塘邊的石頭，叫做垂鉤石，別名硯滴石、硯用石、筆桿石、筆架石，有心的話也可以自己命名。此外，像鴛鴦石、虎　石、陰陽石等等，也都是從石頭的形狀聯想出來的名字。遵循傳統的兼六園到處都有這種名字古老的石頭。據說以前陰陽石因為長得像男女生殖器，還得偷偷藏在庭園某處，但那並不是因為見不得人，而是為了討個吉利，令人會心一笑。

# 竹庭

初春乍暖還寒，此時的庭園最為動人。冬天的寒氣仍殘留在各個角落，春天的景色卻奼紫嫣紅了起來，泥土帶有濕潤的水氣，土壤和濕漉漉的青苔交織成一片，在朝陽下散發無比清新的氣息。撥開草木，想趁這時候種點什麼，青草綠樹的芬芳立刻穿過枝椏，撲面而來。整座庭園都瀰漫著一股不可思議的溫柔，像在對我們呢喃低語。和煦的朝陽灑落在草木的芽尖上，那是老天爺賞賜的恩惠。初春便是庭園的故鄉。

酷寒下冷若冰霜的石燈籠終於柔和起來，雨後淋濕的模樣平添幾分春色。見石燈籠旁冒出新芽，我想起曾經在一位茶人的庭園中，見過一盞利休式的古老石燈籠，那盞石燈籠擺在庭園中央的松樹下，上面爬了些藤蔓，非常清新脫俗，挺拔的松樹也極有品味。主人起身後，待在茶室裡的我一面聆聽茶壺煮水的聲響，一面眺望庭園，石燈籠沉靜的身影與茶壺的聲音調合在一起，讓我領悟到從茶室望出去的風景，與茶室本該是融為一體的。那盞石燈籠是如此和藹，可見燈身細長、水痕斑斑的利休式造型底下，擁有一顆溫暖的心。我從來不曾像那樣靜靜地凝視一盞石燈籠，即使是現在，當時閑靜恬然的感受也依然留在我腦海中。

遠州式石燈籠有著聳立的幢頂與粗獷的外型，深得我心。宗和式石燈籠比較寬，可擺在枯木門旁，面向蕭瑟空曠的庭園。我喜歡立四、五棵雜木，底下鋪飛石，再種兩、三棵雜木，把宗和式石燈籠擺在那兒欣賞。石燈籠樣式繁多，包含有樂式、宗易式、珠光式、春日式和雪見式等等。我偏愛個頭不高、能與茶庭融為一體的款式，這樣的石燈籠只需一盞就好，不，再多一盞也無妨。若有機會擁有心儀的石燈籠，我一定要體驗一下「無聲勝有聲」的意境。石燈籠是庭園的關鍵，能與周遭景色緊密結合，如果石燈籠粗製濫造，就會破壞庭園的美感。我曾經拆過一座燈室彷彿罩著簾子的石燈籠，將它的底座與中台當成飛石。那盞石燈籠是春日式，台座改造成飛石再適合不過，而且大概是具有石燈籠的滄桑風韻，完成的飛石與庭園亦是相得益彰。石燈籠最好擺在樹蔭下，露出幢頂即可，放在茂密的樹林前反而不合適，若一定要擺在茂盛的林木前，最好選在庭園偏角落的地方，才能突顯出石燈籠的可愛，但此時的石燈籠必須是歷史悠久、造型優雅、有靈氣的才行。石燈籠在林木掩映下會散發出比樹葉更蒼翠的光芒，若隱若現的模樣幽靜無比。現在有些人會刻一塊像墓碑的東西擺在樹下，我連厭惡的力氣也沒有了，只覺得毛骨悚然。一盞石燈籠能讓一座庭園大放異彩，但不代表就能忽略其他要素，想打造一個質樸的庭園，不僅工具要完備、地點要清幽，還得營造出恬靜自然的氛圍，而且每一個細節都不能馬虎，必須讓人一瞥驚豔、二瞥細看、三瞥讚嘆，方能百看不厭。主人對庭園的用心良苦，會展現在每一株倍受呵護的草木上，因此大可不必羨慕壯觀的假山和大池塘，只要主人對庭園夠用心，一切足矣。我曾經在一位姓前田的同鄉庭園裡，看到兩尊銅鶴被擺在空蕩蕩的河中，簡直慘不忍睹，一想到他可能還布置了唐獅子，一旁放上大砲，我就倒胃口。品味決定了一個人的格局啊。

以下這件事我曾在《Sunday 每日》週刊上提過，有一位客人想要打造庭園，問我如果只花一千日圓，能否布置出一座小庭園，我便拿出一張和紙，像寫俳句一樣草草擬了份清單交給他。

竹子（箭竹或篠竹）　五百根
飛石（含兩塊拍子木）　五十塊
捨石　三塊
茶庭石燈籠（利休式）　一盞
手水缽（一大一小）　兩盆
紅土　十車

給園藝行的五十人份工資，共兩百日圓另外算。篠竹七十日圓、飛石（鞍馬產一塊約五日圓）兩百五十日圓、捨石兩百日圓、茶庭石燈籠約三百日圓（此價位不易找到優質品）、兩盆手水鉢兩百日圓，再加上十車紅土的車資，大約一千日圓。

用這些材料就能打造出一座十年後青苔翠綠、竹林茂密的庭園，麻煩的是竹子每兩個月必須保養一次，包括修剪枯葉，清除螞蟻和毛蟲，還得砍竹、立筍（每年將老舊的竹子砍去、種植新竹）、剝皮等等。飛石之所以要價不菲，是因為飛石一旦品質不好，庭園根本蓋不起來。以三百日圓的價位而言，仔細找或許能有堪用的石燈籠，當然也有可能找不到，總之石燈籠一盞就夠了。

手水鉢可以找一盆適中的就好，但我習慣設兩盆手水鉢，役石、前石當然也包括在預算裡，不過這樣一盆一百日圓可能不太夠。一盆手水鉢可放在竹林裡，另一盆擺在離簷廊七步之遙的地方。十車紅土是用來養青苔的，或許十車還不夠。這並不是什麼寓意特別深遠的庭園，也不是茶庭，只要知道以上預算可以造出這種小庭園就好。草坪一律不種，蕨類一株也不要，但每天早晚都必須打掃、灑水，這是維護庭園的基本功夫。

竹子可以隨興種在東西南三個方向，但不能種太密，以免看不到破土的竹筍。種好後，庭園東邊早上便會竹影搖曳，西南邊則是整日都有幽幽竹影落在青苔上。比起茂密到枝葉摩挲，竹林更適合折下枯葉，讓竹葉之間保有空隙，最好還能看得見天空。像作畫一樣修剪竹子是我的信條之一，竹林愈是保養就愈是賞心悅目，如果嫌麻煩就不該種竹林。捨石可平均擺在三個方位，唯獨朝北的捨石必須兩塊相依，不過這還涉及鄰居，最好看現場地勢再決定。

這座庭園的主題是聆聽竹葉聲，讓心靈沉澱下來，享受幽靜、閒雅的氛圍。石燈籠必須擺在一眼望去時，上天似乎早已安排好的地方。想讓庭園四個方位維持平衡，必須具備如炬的眼力，唯有石燈籠的位置擺對了，一座庭園才真正有了靈魂。

◎作者簡介

# 室生犀星・むろう さいせい

一八八九—一九六二

詩人、小說家，本名照道，出生於日本石川縣金澤市，出生後不久便成為寺院的養子。年僅十二歲時，受母親之命離開金澤高等小學校，到金澤地方裁判所擔任雜工，工作期間受到上司指導俳句，不久後便辭職，立志成為詩人。後來師事北原白秋，並與同門的萩原朔太郎深交。一九一三年發表〈小景異情〉，為其初期敘情詩的代表作。一九一六年與萩原朔太郎及山村暮鳥一同創立詩誌《感情》。一九一八年發表《愛的詩集》、《抒情小曲集》，一九一九年發表《第二愛的詩集》，與萩原朔太郎比肩引領大正時期的歌壇。一九一九年發表〈幼年時代〉、〈性覺醒的時期〉，自此投身小說的世界，著有〈兄妹〉、〈杏子〉、〈陽炎的日記遺文〉等代表作。

# 有花草爲伴的日常

## 日本文豪的植感生活


書　　名　有花草為伴的日常
作　　者　泉鏡花、牧野富太郎、
　　　　　寺田寅彥、岡本加乃子等
譯　　者　蘇暐婷
策　　劃　好室書品
特約編輯　霍爾、陳楷錞
封面設計　謝宛廷
內頁美編　洪志杰

發 行 人　程顯灝
總 編 輯　盧美娜
美術編輯　博威廣告
製作設計　國義傳播
發 行 部　侯莉莉
財 務 部　許麗娟
印　　務　許丁財
法律顧問　樸泰國際法律事務所許家華律師

藝文空間　三友藝文複合空間
地　　址　106 台北市安和路 2 段 213 號 9 樓
電　　話　(02)2377-1163

出 版 者　四塊玉文創有限公司
地　　址　106 台北市安和路 2 段 213 號 9 樓
電　　話　（02）2377-1163、（02）2377-4155
傳　　真　（02）2377-1213、（02）2377-4355
E-mail　service@sanyau.com.tw
郵政劃撥　05844889 三友圖書有限公司

總 經 銷　大和書報圖書股份有限公司
地　　址　新北市新莊區五工五路 2 號
電　　話　（02）8990-2588
傳　　真　（02）2299-7900
製版印刷　卡樂彩色製版印刷有限公司
初　　版　2023 年 7 月
定　　價　新台幣 350 元
I S B N　978-626-7096-40-6（平裝）





國家圖書館出版品預行編目 (CIP) 資料

有花草為伴的日常：日本文豪的植感生活 / 泉鏡花、牧野富太郎、寺田寅彥、岡本加乃子等著；蘇暐婷 譯 .-- 初版 . -- 台北市：四塊玉文創有限公司 , 2023.07　208 面；14.8X21 公分 . --（小感日常：20）
ISBN 978-626-7096-40-6（平裝）

861.67　112009165




三友官網　三友 Line@

日常小感